प्रदक्षिणा करता है मौसम

(दोहा संग्रह)

प्रदक्षिणा करता है मौसम

(दोहा संग्रह)

मधु प्रसाद

प्रलेक प्रकाशन प्राइवेट लिमिटेड
*in association with JVP Publication Pvt. Ltd.

आवरण-पृष्ठ आकल्पन : विवान दत्ता, पुणे

रेखांकन तकनीकी सहयोग : हीत दारजी,
अहमदाबाद

शब्द संयोजन : संजय भाई शाह,
अहमदाबाद

ISBN : 978-93-55004-46-8

पहला पेपरबैक संस्करण : नवंबर 2022

प्रकाशक

प्रलेक प्रकाशन प्राइवेट लिमिटेड

PRALEK PRAKASHAN PVT. LTD.

702, जे/50, एवेन्यू-जे, ग्लोबल सिटी,

विरार (वेस्ट), ठाणे, महाराष्ट्र-401303

दूरभाष : 7021263557 Whatsapp : 9833402902
Email : pralek.prakashan@gmail.com
Website : www.pralekprakashan.com

प्रदक्षिणा करता है मौसम : मधु प्रसाद
PRADKSHINA KARATA HAI MAUSAM (Poetry) *by* Madhu Prasad

परम पूज्य आदि शक्ति निर्मला देवी माताजी नमो नम:

• समर्पण •

जिनकी तरल आत्मीयता, अहैतुकी सदाशयता एवं अभिसिंचित सौहार्द ने हमारे संपूर्ण परिवार को बाँधे रखा है, हमारे पापा स्व. डॉ. अमरनाथ जौहरी के अनुज और हमारे अग्रज आदरणीय चाचा जी स्व. श्री कृष्ण कांत जौहरी, चाची जी स्व. श्रीमती उर्मिला जौहरी, स्व. श्री धर्मेन्द्र नारायण जौहरी, चाची जी स्व. श्रीमती मालती जौहरी, डॉ. ब्रज कांत जौहरी, चाची जी श्रीमती कमला जौहरी, श्री मदन मोहन जौहरी, चाची जी स्व. श्रीमती मनोरमा जौहरी को सादर सप्रीत

समर्पित

स्नेह, सद्भाव, संवेदनाएँ सतत प्रवहमान रहें पीढ़ी दर पीढ़ी।

स्वरित

जीवन जगत के विस्तार को शब्दायित करते दोहे

हिंदी में प्रचलित दोहा छंद के इतिहास पर दृष्टि डालें तो पता चलेगा कि प्राकृत भाषा के 'गाथा' के समरूप या समतुल्य अपभ्रंश तथा हिंदी में इसकी उपस्थिति मिलती है। हिंदी में यह छंद अपभ्रंश से आया है और इसे हम हिंदी के आदिम छंद के रूप में पहचान सकते हैं। कुछ विद्वान तो इसके इतिहास को संस्कृत साहित्य में भी होने का दावा करते हैं लेकिन यह सर्व सिद्ध मत है कि दोहा हिंदी कवियों का प्रिय छंद रहा है। डॉ. राम सिंह तोमर के अनुसार पद शैली के कवि सूर, मीरा आदि ने अपने पदों में इसका प्रयोग किया है। सतसई साहित्य में तो दोहा छंद का ही प्रयोग किया है। यही नहीं भक्ति काल के प्रबंध काव्य में भी मिलता है। इस दृष्टि से तुलसीदास की रामचरितमानस दोहावली तथा जायसी की पद्मावत में इस छंद के प्रयोग को देखा जा सकता है। कबीर की साखियों में भी इसी छंद को देखा जा सकता है लेकिन कालांतर में रचे काव्यों में इसकी उपस्थिति क्षीण होती चली गई।

हिंदी के आधुनिक काल में इसकी उपस्थिति फिर दर्ज की जाने लगी और साठोत्तर पीढ़ी के कई कवियों ने गीत और गजल लेखन के साथ-साथ दोहा लेखन में भी गहरी रुचि के और वस्तुगत नए प्रयोगों के अंतर्गत दोहा लेखन आरंभ किया। धर्मयुग जैसी पत्रिका ने सूर्यभानु गुप्त

दिनेश शुक्ल जैसे कवियों के दोहों को प्रकाशित कर इसे बढ़ावा दिया। बाद के समय में हिंदी नवगीत के वरिष्ठ कवि देवेंद्र शर्मा इंद्र ने सप्तपदी की योजना के अंतर्गत पांच खंडों में अपने समकाल के 35 छांदस कवियों के दोहों का संपादन प्रकाशन किया। अपेक्षया युवतर किंतु अत्यंत प्रखर मेधा संपन्न कवि यश मालवीय के दोहों ने अपनी अलग पहचान बनाई। इंद्र जी के बाद अन्य कई लोगों ने दोहों के समवेत संकलन संपादित और प्रकाशित किए जिनमें कविवर हरेराम समीप द्वारा संपादित 'दोहा कोश' तथा अशोक अंजुम और गरिमा सक्सेना द्वारा संपादित समवेत संकलनों का महत्वपूर्ण योगदान रहा। कालांतर में कई दोहाकारों के स्वतंत्र संग्रह भी प्रकाशित हुए। हिंदी की समर्पित और चर्चित गीत कवयित्री मधु प्रसाद को मैं उसी कड़ी से जोड़ता हूँ।

मधु प्रसाद के दोहा संग्रह "प्रदक्षिणा मौसम की" को मैं उसी समकाल के दोहाकारों की रचना यात्रा से जोड़ता हूँ। दोनों में फर्क यह है कि जहाँ आज के दोहाकार अपने समय के यथार्थ को अपनी अभिव्यक्ति में समेटते हैं वहीं मधु प्रसाद ने प्रकृति, पर्यावरण, प्रेम, रंगहीन बालपन, बेटी, देश, सपनों आदि को अपनी अभिव्यक्ति में समेटा है। उनमें दर्शन भी है और 21वीं सदी के दूसरे दशक में मानवीय समाज को अपनी चपेट में लेती कोरोना जैसी महामारी को भी अपने दोहों में समेटने से नहीं हिचकतीं क्योंकि उनके भीतर थरथराहट से भरा एक संवेदनशील मन है।

"प्रदक्षिणा मौसम की" की रचनाओं से होकर गुजरते हुए एक विरल प्रसंग की स्मृति कौंधती है। कोई कवि, विशेष रूप से छांदस कवि अपने संग्रह की रचनाओं को क्रम देते हुए सबसे पहले वाणी वंदना करता है लेकिन मानसकार तुलसीदास अपनी "विनय पत्रिका" में गणेश और वाणी के साथ-साथ कई अन्य देवों की स्तुति करते हुए अंत में मां जानकी से प्रार्थना करते हैं- "कब हुक अम्ब अवसर पाइध्मेरीयो सुधि धाइबो कछु करुण कथा चलाई"। उसी परंपरा में मधु प्रसाद भी अपनी कृति "प्रदक्षिणा करता है मौसम" में मधु प्रसाद प्रणमांजलि के

अंतर्गत सबसे पहले 11 दोहों में गणपति वंदना करती हैं। एक दोहे में वे कहती हैं-

विघ्नेश्वर! कैसे करूँ, मैं सुख से संवाद।
उर द्वारे पर लिख रखे, आह, अश्रु, अवसाद।।

इस दोहे में तीसरे और चौथे हिस्से पर विचार करें तो पता चलेगा कि सुख से संवाद इसलिए संभव नहीं है क्योंकि जागतिक पीड़ाओं ने मन के घर की चौखट पर आह, अश्रु और अवसाद जैसे द्वारपाल बिठा रखे हैं और इन विघ्न संतोषियों से विघ्नेश्वर ही मुक्त कर सकते हैं। महाप्राण निराला में अपनी वाणी वंदना में नव गति, नव लय, ताल छंद नव की आकांक्षा व्यक्त की है। मधु प्रसाद ऐसी प्रार्थना गणपति से करते हुए कहती हैं-

"सफल करें गणपति सकल, राग, ताल, लय, छंद"

गणेश के बाद 13 दोहों में सरस्वती की वंदना है-

"राग, ताल, लय थाट की, देवी आप महान।
अखिल विश्व को हो रहा, आत्मनाद का ज्ञान।।"

शारदा वंदना के बाद देवी जो मातृ स्वरूपा हैं, उनके विभिन्न रूपों की वंदना है उसके बाद मर्यादा पुरुषोत्तम राम का, लक्ष्मण का, सीता आदि का वंदन स्मरण है। फिर भगवान प्रभु जगन्नाथ का। मीरा के बहाने वे राधा कृष्ण की भी वंदना करती हैं और इन सबकी वंदना करते हुए मधु प्रसाद शिव की स्मृति वंदना को नहीं भूलतीं क्योंकि सारी शुभता तो इस शिवत्व में ही है।

देवताओं और देवियों की इस प्रदक्षिणा से एक बात स्वत: सिद्ध हो जाती है कि मधु प्रसाद के भीतर एक आस्तिक संत/भक्त बैठा है

जो उन्हें ऐसी प्रदक्षिणा के लिए प्रेरित और प्रोत्साहित करता है। यहाँ आकर प्रदक्षिणा का एक चरण पूरा होता है, लेकिन इस संग्रह में और भी प्रदक्षिणायें हैं जो जीवन के कई-कई अध्ययनों की प्रदक्षिणा करती हैं जिन्हें कुछ उपशीर्षकों में रखा गया है- प्रेम, प्रियतम, सपने, देश, बेटी, बेरंग बचपन, भोर, शीत ऋतु, बसंत, फागुन, बिन मौसम बरसात, सावन, नदिया, पर्यावरण, नैसर्गिक सुषमा, कोरोना आदि के माध्यम से प्रकृति और मानवीय जीवन के मनोभावों की अनुभूति को शब्दों में रूपांतरित किया गया है।

मानवीय जीवन के स्थाई भावों स्वभावों में प्रेम सबसे अधिक महत्वपूर्ण है। कबीर ने प्रेम के महत्व और उसकी प्राप्ति के माध्यम की चर्चा करते हुए लिखा ही है- "प्रेम न बाड़ी ऊपजै, प्रेम न हाट बिकाय। राजा परजा जेहि रुचौ, मूड़ देई लेई जाय।।" अर्थात प्रेम सभी ऐसे लोगों के लिए सहज प्राप्य है जो अपने स्व को प्रिय की प्राप्ति के लिए विसर्जित कर दें। अपना आपा मेट दें। प्रेम दीवानी मीरा ने यही तो किया। सूफी संत इश्क मज़ाजी और इश्क मजाजी के माध्यम से प्रेम की ही तो चर्चा करते हैं। मधु प्रसाद ने उसी प्रेम को अभिव्यक्त करने के लिए अपने शब्द दिए हैं। कुछ दोहे देखे जा सकते हैं-

"दसों दिशाएं प्रेम का, करतीं नव विस्तार।
कण-कण में बस प्रेम ही, कण-कण का आधार।।"

"प्रेम नाम है ईश का, ईश बसें सित प्रेम
एक द्वार है मुक्ति का, एक द्वार है क्षेम।।"

कविता हो या कला सब में जीवन स्पंदन प्रेम से ही संभव है-

"कथ्य शिल्प लय छंद से, कब बनता है गीत।
नहीं निचोड़ा प्रेम रस, निश्चेतन संगीत।।"

प्रियतम खंड में कुछ दोहे ऐसे हैं जिनमें आभूषणों के माध्यम से अपने भावों चेष्टाओं का उद्घोष का सुनाई पड़ता है-

"छागल पायल करधनी, चूड़ी बाजूबंद।
प्रिय की आहट से हुए, गीतों वाले छंद।।"

"हँसुली झुमकी करधनी, झूमर लगते छाप।
साजन से मिलने चली, गोरी बिन पदचाप।।"

यह अभिसारिका नायिका का संकेत है लेकिन यह अभिसारिका उत्तर मध्यकालीन दरबारी अथवा 'श्रृंगारी कवियों की नायिका नहीं है बल्कि उदात्त चेतना संपन्न सदगृहणी है। घर की शीलवान नवागत वधू है। उसे अपने तथा घर के शील का भान है। प्रेम की उदात्त चेतना को अभिव्यक्ति देता एक दोहा है-

"जब से छूकर प्रेय को, लौटी मदिर बयार।
अनहद गूँजे देह में, धड़कन हुई सितार।।"

मधु प्रसाद के इस दोहा संग्रह में 1008 मणियां हैं जिन्हें उन्होंने अपने मन की सीपी में धारण कर रूपाकार दिया है। यह भावों का महासागर है जिसमें गहरे डूबकर जाने पर असंख्य मोती मिलेंगे। ये दोहे कवयित्री की आत्मा से निकले छंद है जो 'रोता × श्रोता या पाठक को अपनी अनुगूंज से निरंतर सजाते रहेंगे। जीवन के विस्तार और उसकी गहराई का बोध कराते रहेंगे। 'प्रदक्षिणा मौसम की' के दोहे पाठक को जीवन जगत और उससे इतर भी फैले बिखरे ताप दुख की कड़वाहट और मधुमय आस्वाद दोनों का बोध देते रहेंगे-

"जो गहरे उतरेगा केवल वह मोती ले पाएगा।
तट पर बैठा मानुस तो बस केवल रेत उड़ाएगा।।"

मुझे विश्वास है कि काव्यत्व और अर्थ गांभीर्य वाले इस संग्रह के दोहे कंठ के हार नहीं, मन के मनके के दाने होंगे अपने पाठक के लिए।

शुभकामनाओं सहित।

- डॉ. माहेश्वर तिवारी
'हरसिंगार', ब/म-48, नवीन नगर
मुरादाबाद-244105

स्वत्व

अपभ्रंश काल में दूहा प्रिय छंद रहा है। हिन्दी काव्य में आदिकाल से है। यह छंद अपना विशिष्ट स्थान बना चुका है। प्राय: मुक्तक छंद के रूप में 'दोहा' लिखने की परंपरा रही है। भक्तिकाल में संत एवं कवियों सभी ने इसे अपनाया है। रीतिकाल में बिहारी की सतसई 'दोहे' का उत्कृष्ट उदाहरण है। आधुनिक हिन्दी काव्य में भी दोहे खूब लिखे जा रहे हैं। पिछले कुछ वर्षों में संस्कृत में भी दोहा छंद लिखा गया है और प्रभूत मात्रा में लिखा गया है। भले ही दोहा अपभ्रंश प्राकृत से होता हुआ हिन्दी और उसकी बोलियों में आया है, पर यह संस्कृत में भी लिखा गया है। भट्ट मथुरानाथ, आचार्य ब्रह्मानंद शुक्ल, डॉ.रमाकांत शुक्ल एवं अन्य संस्कृत कवियों ने भी संस्कृत दोहे लिखे हैं। डॉ.चंद्रपालसिंह यादव की संस्कृत दोहावली भी चर्चित रही है।

विषयवस्तु की दृष्टि से नीति, भक्ति सूक्ति, लोक व्यवहार, लोक वर्णन, प्रकृति वर्णन, व्यक्ति विशेष, विविध रस, सौन्दर्य अनुभाव, संचारी भाव आदि को दोहा आत्मसात करने वाला छंद है।

मधु के दोहों की भाषा शुद्ध साहित्यिक खड़ी बोली है। कहीं-कहीं देशज शब्द भी आ गए हैं। उर्दू की शब्दावली भी हिन्दीकरण के अंतर कहीं कहीं किंचित मात्रा में दिखाई देती है। संस्कृत के तत्सम शब्दों की अपनी अलग ही छटा है।

मधु की इस सुंदर सर्जनात्मक अभिव्यक्ति में भक्ति, नीति, शृंगार के

संयोग एवं वियोग रूप, भारतीय संस्कृति के अंतर्गत पर्व, उत्सव, प्रकृति के विविध रूप परिलक्षित हो रहे हैं। ऐसा लगता है, कवयित्री के हृदय से अनायास ही उठा भाव दोहे का आकार ले रहा है। विविध, सुंदर, सार्थक शीर्षकों में यह दोहा सहृदय हृदय का निःसंदेह कण्ठहार बनेगा, ऐसा विश्वास है। इस सरस, सरल और नवीनतम कृति के लिए मधु को अशेष आर्शीवाद और आत्मीय शुभकामनाएँ। उनकी लेखनी अनवरत प्रवहमान रहे, यही अभिलाषा है।

विद्यावास्पति पण्डित विष्णुकान्त शुक्ल,
एम.ए. (हिन्दी-संस्कृत), साहित्याचार्य,
पी.एच.डी.पूर्व अध्यक्ष, हिन्दी विभाग, जे.वी.जैन कालेज,
सहारनपुर (उत्तर प्रदेश)

स्वस्तिक

हिंदी साहित्याकाश की उज्जवल नक्षत्र, उच्चस्तरीय सुमधुर व सुकोमल गीत व नवगीतों की रचयिता, उत्कृष्ट कहानीकार, सामयिक, विचारोत्तेजक व सारगर्भित आलेखिका एवम अनेक प्रतिष्ठित राष्ट्रीय व अंतर्राष्ट्रीय सम्मानों से विभूषित विदुषी, श्रीमती मधु प्रसाद का सद्यरचित दोहा-संग्रह "प्रदक्षिणा करता है मौसम" हिंदी की दोहा-संसार-मंजूषा में एक अभिनव जाज्वल्यमान रत्न की सुवृद्धि है।

अधुनातन व समकालीन दोहा-सर्जना से इतर इस संकलन के दोहे राजनीति व सामाजिक विषमताओं व वंचनाओं आदि पर सृजित न हो कर प्रकृति के विभिन्न अवयवों जैसे विभिन्न ऋतुओं, पर्यावरण, भोर, धूप आदि के साथ ही बेरंग बचपन, बेटी, देश, सपने, प्रेम, प्रियतम, समय व जीवन-दर्शन व कोरोना आदि पर सर्जित हुए हैं । इन विषयों पर रचित दोहों में कवयित्री ने इन का मानवीकरण करते हुए उनके व्यवहार व चेष्टाओं को सर्वथा नवीन रूप में, सार्थक प्रतीकों व बिम्बों से, सूक्ष्मता व व्यापकता से मनोग्राही स्वरूप में विविधता से निरुपित किया है । लक्षणा व व्यंजना विधाओं में व्यंजित यह दोहे उनकी असाधारण काव्य प्रतिभा के समुचित प्रतीक हैं ।

कवयित्री ने अपने संकलन का प्रारंभ भगवान गणेश, माँ शारदा, भगवान शिव व श्रीराम की वंदना व महिमा के सुन्दर भक्तिसिक्त दोहों से किया है जो उनकी आध्यात्मिक व संस्कारशील वृत्ति के परिचायक

हैं। दोहों के विधान का निर्वहन करते हुए उनके दोहे अर्थगाम्भीर्य व अर्थविस्तार को समाहित किए हैं व दोहों की लघुता में विराटता की क्षमता को रेखांकित करते है।

उनका यह विशिष्ट, विपुल व सफल सारस्वत प्रयास सर्वथा उत्कृष्ट व श्लाघनीय है व साहित्यजगत द्वारा समादृत होने का अधिकारी है। मैं उनको इस सराहनीय व सुंदर कृति के लिए हार्दिक बधाइयाँ व उनके उत्तरोत्तर साहित्यिक व वैयक्तिक उत्कर्ष के लिए अशेष मंगलकामनाएँ प्रेषित करता हूँ।

डॉ. ब्रजेश कुमार मिश्र,
एम.डी.मेडिसिन,
वरिष्ठ परामर्श चिकित्सक
३१/१८, सिद्धार्थ कॉलोनी
मुज़फ्फ़र नगर (उ.प्र.)
२५१००१
मो: ५४१२२११७६३

स्वकथन

कविता, गीत, भजन, दोहे आदि विभिन्न काव्य एवं सांगीतिक विधाओं को आत्मसात करने का जो सुयोग और सौभाग्य मुझे मिला वह पूर्व जन्म के किन्हीं पुण्यों का प्रतिफलन तो है ही इस जन्म का वरदान तुल्य प्रेरणा स्त्रोत भी। आँखें खोलने के साथ ही अपने पापा को सूरदास, तुलसीदास, मीराबाई आदि के भजन गाते हुए देखा और सुना। मम्मी भी खाना बनाते हुए, सब्जी काटते, दाल बीनते, कभी धूप में बाहर बैठी मटर छीलती, स्नान करते गातीं गुनगुनाती रहती थीं। शेक्सपीयर, मिल्टन, अरिसटौटिल, वर्डसवर्थ, गालिब, मीर, कबीर, बाण भट्ट, कालीदास, प्रेमचन्द, आदि महान सारस्वत साधकों से पालने से बाहर आते आते ही परिचय हो चला था। पापा उस समय एन.आर.ई. सी. कालेज, खुरजा में अंग्रेजी विभाग में प्रोफेसर थे। उस समय कवि सम्मेलन जीवन के साथ रचा बसा था। आदरणीय काका हाथरसी दादा, नीरज दादा, भारत भूषण दादा, किशन सरोज दादा आदि महान सारस्वत साधकों के मधुर, ओजस्वी और रसमय गीतों से एन.आर.ई.सी. कालेज का हाल अनुनादित होता था।

पापा जब इलाहाबाद विश्व विद्यालय से अंग्रेजी में एम.ए. कर रहे तब उन्होंने डॉ. हरिवंश राय बच्चन जी को सामने बैठकर 'मधुशाला' गाते हुए सुना था, सैनेट हाल में। हमारी मम्मी जब लखनऊ विश्व विद्यालय

से बी.ए. कर रही थी तब उन्होंने पंडित ओंकार नाथ ठाकुर जी का गायन विश्व विद्यालय के मंच से श्रोता रूप में सुना था। माता-पिता के अनुभव सुनते गुनते बचपन कब उम्र की दहलीजें पार करता रहा पता ही नहीं चला। अब यही सब स्मृतियाँ हृदय को पुलक से समृद्ध करती हैं और अदम्य प्रेरणा भी प्रदान करती हैं।

पापा की दादीश्री पुण्यात्मा श्रीमती हीरा कुँवर भजन रचयिता और सुकंठ गायिका थीं। उनके लिखे भजनों का अप्रतिम संग्रह पुस्तक रूप में हमारे सबसे बड़े चाचा जी स्व. कृष्ण कुमार जौहरी के बेटे श्री आनंदकुमार जौहरी भाई साहब के पास उनके निवास स्थान मेरठ में सुरक्षित है।

पापा का परिवार स्वनाम धन्य है। हमारे दूसरे चाचा जी स्व. धर्मेन्द्र नारायण जौहरी सादगी और सरलता की प्रतिमूर्ति थे। हमारे पापा के तीसरे और चौथे अनुज और हमारे अग्रज हमारे चाचा जी डॉ.ब्रजकांत जौहरी और श्री मदन मोहन जौहरी सदाशयता, निराभिमानता, अपनत्व और सहजता के संप्रेषक ही नहीं, गहन विद्वता के अभिदर्शक और अभिप्रेरक भी हैं। दोनों ही परम विद्वान और अपने विषय के अध्येता रहे हैं। ब्रजकांत चाचाजी एस.डी. डिग्री कालेज गाजियाबाद से अंग्रेजी विभागाध्यक्ष पद से सेवा निवृत हुए हैं। मदन मोहन चाचाजी दूसरे कालिज सनातन धर्म कालिज के प्राचार्य पद से सेवा निवृत हुए हैं। पापा का पूरा परिवार बहुत ही सुसंस्कृत और विलक्षण प्रतिभावान नई पीढ़ी का संवाहक है जो रिश्तों की थाती सहेजने, संजोने और हस्तांतरित करने में भी अग्रसर है।

मेरे मुझसे बडे भाई साहब डॉ. राकेश जौहरी जो आर.आर.एल. जम्मू तवी से सीनियर वैज्ञानिक पद से सेवा निवृत हुए है, वे और मेरी भाभी जी डॉ. सरोजिनी जौहरी जो स्वयं भी वैज्ञानिक रही हैं, मेरी साहित्य यात्रा के निरन्तर प्रेरणा स्त्रोत रहे हैं। वे सदैव मेरे गीतों की सराहना कर मुझे अग्रिमान रहने का संदेश देते रहे हैं। वे स्वयं परम विद्वान और

सिद्ध वैज्ञानिक रहे हैं पर कविता और संगीत की बूँद भर भी गलती को बड़ी सहजता से पकड़ कर मुझ तक संप्रेषित कर देते हैं । सच तो यह है कि मेरे अग्रजों ने सदैव मुझे मेरी संभावनाओं के प्रति आश्वस्त किए रखा है ।

उनका आर्शीवाद मेरे लिए गतिमान रहने का संदेश है । जब भी नया गीत उन्हें लिख कर भेजती हूँ आशीर्वाद और प्रशस्ति सहित उत्तर मिलता है । मेरी भाभी जी प्रखर ज्ञानवान तो है ही एक कुशल सद्‌गृहणी भी और संगीत प्रेमी भी, उनकी आनंदपूर्ण खनखनाती वाणी मुझे उत्साह से भर देती है । वे परम पूज्य माता जी आदि शक्ति श्री निर्मलादेवी की परम भक्त व अनुयायी हैं । सहज योग मानों उनके जैसा सुपात्र पाकर मुखरित हो गया है । श्री माता जी के पावन चरणों में अपना सर्वस्व समर्पित करने का सहज पाठ और मार्ग उन्हीं से सीखा और जाना । मन की तमाम विसंगतियाँ, अवसाद, विरोध और उलझनें जिनके चरणों में रख देने से तिरोहित हो जातीं हैं उन श्री माताजी आदि शक्ति श्री निर्मला देवी के चरणों का मार्ग भाभी जी ने ही दिखाया । इस उपकार ने सोचने समझने की क्षमता को नया रूप, नया विस्तार दिया है ।

मेरे सबसे बड़े भाई साहब श्री राजकमल जौहरी विलक्षण प्रतिभा के धनी हैं । वे हमारे परिवार के सशक्त स्तम्भ भी हैं और दिशा निर्देशक भी । वे सदैव अपने उतरदायित्वों का सजगता और आत्मीयता से निर्वहन करते हैं । एक चुस्त, और कर्तव्य निष्ठ पुलिस ऑफिसर के रूप में अवर पुलिस महानिदेशक (पं. बंगाल) के पद से सेवा निवृति के बाद भी कहीं न कहीं साहित्य, समाज कर्म पथ पर अग्रसर हैं । इस पुस्तक के प्रकाशन में उनकी महती भूमिका रही है । वे स्वयं भी गीत, कविताएँ बचपन से ही लिखते रहे हैं ।

मेरी बड़ी दीदी श्रीमती मंजू लाल, हमारे परिवार में सब से बड़ी हैं अत: अपने उत्तरदायित्वों का निर्वहन कुशलता पूर्वक करती रहती हैं और मेरा मनोबल बढ़ाती रहती हैं ।

मेरे पतिदेव श्री उमेश प्रसाद जो ओ.एन.जी.सी. से सेवा निवृत हुए हैं, लगातार मेरे लेखन को प्रवहमान बनाए रखने में मेरे साथ खड़े रहे हैं और अपना सहयोग देते रहे है। मेरी यह यात्रा उनके सहयोग से ही अनबाधित चलती रही है। वे मुझे घर की नित्य प्रति चलने वाली क्रिया कलापों से मुक्त रहने के लिए कह कर मुझे लेखन के लिए प्रेरित करते रहते हैं। मेरी इस दुर्गम यात्रा के सहयात्री मेरा प्यारा बेटा चंदन और प्यारी बेटी श्रुति और दामादश्री उत्सव मेरी साहित्यिक प्रवृतियों को अभिवर्धित करते रहे हैं अपने प्रशंसात्मक सुंदर संदर्शन से। मेरी कविताओं और गीतों के सबसे छोटे और सबसे दुलारे प्रशंसक और मेरी सर्जनात्मक चेतना और जीवंतता के प्रतीक मेरे नाती विवान दत्ता अपनी मीठी बोली से मेरे गीत सुन कर कहते हैं बहुत "अच्छा गाया नानी बहुत अच्छा है।"

मेरी साहित्य यात्रा के अनेक मोड़ हैं, पड़ाव हैं, साथी हैं, संस्थाएँ हैं प्रस्तुत तीर्थयात्रा करने निकली इस यात्रा का मुखपृष्ठ मेरे दुलारे नाती प्रियवर विवान दत्ता ने अपनी औत्सुक्य पूर्ण परिकल्पना से बनाया है। उनकी पेंटिक्स के संकलन को मुखपृष्ठ का आकर्षक रूप दिया है मेरे परिवार से जुड़े युवा कम्प्युटर कुशल श्री हीत दारजी जिन्होंने मेरे प्रस्ताव को सहर्ष स्वीकार कर बहुत मन से विवान दत्ता जो अब कक्षा द्वितीय के छात्र हैं, उनके आकल्पन को तकनीकी रूप में साकार कर दिया। दोनों के प्रति असीम, अशेष शुभाषीष।

जिनके आत्मीय अभिसिंचन ने मेरी यात्रा को सुगम एवं सुरम्य बनाया उनमें यहाँ की वर्षों से सुस्थापित संस्था 'साहित्यालोक', 'गुजरात हिन्दी साहित्य परिषद' 'गुजरात हिन्दी साहित्य अकादमी', महिलाओं द्वारा स्थापित व संचालित प्रखर संस्था 'अस्मिता' एवं सामाजिक, साहित्यिक संस्था 'मंथन चैरिटेबिल ट्रस्ट' का महत्वपूर्ण योगदान है।

'प्रदक्षिणा करता है मौसम' जीवन के बहुआयामी अनुभव, अनुभाव, मनोभाव, प्रतिभाव की एक संचित संपुटिका है, अभिलेखन है और

हृदय के अंत:स्थल में स्थापित व्यापक संप्रेषण का प्रतिबिम्ब या प्रतिनाद जो मौसम के माध्यम से जग प्रदक्षिणा या मन प्रदक्षिणा करता हुआ शब्दों की गहन गुफाओं में परिभ्रमण करता हुआ अभिव्यक्ति को आतुर मंच ढूंढने निकला और दोहों के माध्यम से प्रस्फुरित और मुखरित हो पाया है।

ये मौसम मेरा मन ही है या कहूँ मन ही मौसम की भाँति क्षण-क्षण अपना रुप, छंद, स्वरूप, ताल, यति, गति बदल बदल कर मुझे घुमाता रहा है। यह मौसम मेरे होने या मेरे अस्तित्व का साक्षी है। मेरी अनुभूतियों का संदेश वाहक। मेरी अनुभूतियों और अभिव्यक्ति का प्रतिबिम्ब। मेरा सहयात्री या कहूँ मेरा मित्र, प्रेमी, सहगामी बन कर मेरी साँसों में, धड़कन में, शिरा-शिरा में अपनी छाप छोड़ता रहा है और मैं माँ शारदा के चरणों कमलों में अपने शब्द पुष्प समर्पित करती रही।

मौसम की निगरानी करते क्षण क्षण तन भी पिघलता रहा है और आयु की सीढ़ियों पर उछल कूद कर चढ़ता रहा है और यही सब जीवन का सार तत्त्व बन कर अंतर में स्वयं की प्राण प्रतिष्ठा करता रहा है। भीतर का मौसम, बाहर के मौसम से एक रुप होने के प्रयास में प्रकृति, जगत, मानव मन, सम सामयिक संदर्भो का संदर्श करवाता हुआ सतर्कता के साथ आध्यात्म में, अश्रु में, डुबकी लेकर कभी आस-उल्लास में अभिसिंचित, कभी दसों रसों की अभिधा, लक्षणा, व्यंजना को रुपायित करता हुआ ओम से प्रारंभ हो कर प्रणय का चित्राकंन करते हुए, जीवन के अंतिम सत्य को उजागर करते करते पुन: ओम में लीन होकर निकल पडता है प्रदक्षिणा की ओर।

मेरी संपूर्ण शब्द प्रदक्षिणा जिनके पावन निर्देशन और परिवर्धक परिमार्जन से परिष्कृत और परिभूषित हुई है वे हैं मेरे काव्य गुरु परम आदरणीय डॉ.किशोर काबरा सर जिनका वरद हस्त सतत आशीष वर्षा करता रहा हैं। ऐसा सारस्वत सान्निध्य माँ शारदा का परम वरदान है। यह ॠण अपरिमेय है अत: ॠणी रहने में ही अंतस्ततल की मुक्ति का

प्रावधान है। यह मेरा भाग्य है या विधि का विधान कि यह पुस्तक सर के ब्रह्मलीन होने के बाद प्रकाशित हुई है।

'प्रदक्षिणा करता है मौसम' का 'हरसिंगार कोई तो हो' का गंध और नेह अभिसिंचित आशीर्वचनों को प्राप्त करना मानो किसी अभिकांक्षित अप्राप्य की वरद उपलब्धि है, मानों सहस्र 'फूल आए हैं कनेरों में'। जिनके सरस, मधुर, मदिर गीतों से वर्षों से परिचय रहा, जिनका अनुनादन अंतर में सदैव सुस्थापित रहा, ऐसे समर्पित तरल, सहज, विशिष्ट, वरिष्ठ आत्मिक गीत साधक आदरणीय माहेश्वर तिवारी दादा के आशीर्वचन पाकर मेरी प्रदक्षिणा का पारायण सम्पन्न हुआ है, मानो किसी अनुष्ठान का पारण परिपूर्ण हुआ है। यह आत्मिक आशीर्वाद मैं मात्र आत्मीय अनुरोध से प्राप्त कर सकी अहो भाग्य है मेरा।

ऐसी सहजता, सौहार्द और सरलता दुर्लभ भी है और दुष्कर भी। मेरी प्रदक्षिणा आदरणीय दादा के आशीर्वाद से संपृक्तभी हुई और अभिप्रेरक वरदान तुल्य शब्दों से ऊर्जा यित और अनुप्राणित भी। ऐसे अभिवंदनीय शब्दकोश के सौहार्द ऋण की उतराई दे पाना संभव ही नहीं। ऋणी रहने में ही परम सौभाग्य है। यह एक ऋणानुबंध है जो मेरी प्रदक्षिणा को सतत दिशा-निर्देश देता रहेगा आलोक स्तंभ की भाँति।

बचपन से जिनके अदभुत ज्ञान और अभिव्यक्ति ने मेरे हृदय पर अमिट छाप छोड़ी है वे हैं मेरे गुरू और अग्रज समान, हिन्दी एवं संस्कृत भाषा और साहित्य के प्रखर कोविद और आध्यात्मिक दर्शन के अत्युच्च संवाहक आदरणीय डॉ. विष्णुकांत शुक्ल भाई साहब जिनका सारस्वत सान्निध्य सदैव से ही मुझे हिन्दी और संस्कृत भाषा और साहित्य की समृद्धता की ओर अभिप्रेरित करता रहा है। उनका आर्शीवचन पा कर धन्य हो उठी हूँ। उनके प्रति आत्मीय आभार कहना ही इस यात्रा के प्राणवंत होने का आधार है।

आदरणीय डॉ. ब्रजेश मिश्र दादा से मेरा परिचय और आत्मीयता मेरे जीवन की वह उपलब्धि है जिसका अभिज्ञापन वर्णनातीत है। मेरा

परम सौभाग्य रहा जो मुझे यह सुअवसर मिला जब उनके कर कमलों से 'अमर बाबू' पुस्तक का तथा 'हरसिंगार ! तुम झरते रहना' का लोकार्पण हुआ । वे आयु और स्वास्थ्य सम्बन्धी बाधा को दर किनार कर मुज्जफरनगर से अत्यंत कृपा पूर्वक मेरठ पधारे और हमारे भाई बहनों और पापा के परिवार के गणमान्य सदस्यों की गरिमामय उपस्थिति में भव्य लोकार्पण कार्यक्रम में उपस्थित रहे । यह आयोजन हमारे आनंद कुमार जौहरी भाई साहब जो सेवा निवृत गन्ना अधिकारी यू.पी., और कायस्थ महासभा के अध्यक्ष है, उन्होंने किया था । उन्होंने बहुत करीने से इस महापर्व का अदभुत संयोजन और संचालन किया । डॉ.ब्रजेश मिश्र दादा ने मेरे इस नए दोहा संग्रह 'प्रदक्षिणा करता है मौसम' को न केवल अपने आशीर्वाद से अभिसिंचित किया वरन दोहा लेखन की अनेकों विरल बारीकियों की मार्मिक अनुभूतियों से परिज्ञापित होने और परिमिलन का सुअवसर प्रदान किया । ऐसी अहैतुक प्रेमिल निस्तारक और अभिप्रेरक अनुकंपा वंदनीय भी है और स्मरणीय भी ।

मेरी इस मनोवांछित प्रदक्षिणा को आप तक पहुँचाने का दायित्व संभाला देश विदेश में अपनी एक अलग पहचान के रूप में सुस्थापित आदरणीय पद्मश्री अशोक चक्रधर भाई साहब ने जिनकी तरल आत्मीयता ने सदैव मुझे प्रेरित किया है । ऐसे मेरे नेह आपूरित डॉ. अशोक चक्रधर भाई साहब के प्रति असीम अनुग्रह । उनके शब्दों के प्रति कृतकृत्य हूँ ।

मेरी अनुभूतियों, अभिव्यक्ति अनुकल्पन, अनुवाचन और संभावनाओं पर माँ शारदा की अनन्त कृपा है जों उनके सारस्वत अध्येताओं और अभिज्ञापकों का आत्मिक आशीष भी रहा है ।

अंग्रेजी साहित्य के महान कवि एवं प्रकृति के आराधक विलियम वर्डसवर्थ की ये पंक्तियाँ सदैव अंतर्मन में अनुनादित होती रहती हैं ।

Poetry is the spontaneous overflow of powerful feeling : it takes its origin from emotion recollected in tranquility.

----William Wordsworh

मेरे मनोभाव भले ही उद्‌भट और निर्वाच्य हों पर उनका संग्रहण हृदय में निरन्तर होता रहा है जो समय समय पर अनुप्राणित होते रहे हैं। मेरे अंतर के भावों को उद्भावित करता मौसम प्रदक्षिणा पूर्ण कर वापिस मेरे पास आ बैठा है।

मेरी पुस्तक को अकथनीय श्रम और सराहनीय धैर्य से श्री संजय भाई शाह ने पांडुलिपि का रूप प्रदान किया। उनके प्रति हार्दिक आभार।

प्रलेक प्रकाशन का कार्यभार संभालने वाले भाई जितेन्द्र पात्रो का हार्दिक आभार जिन्होंने अत्यंत कुशलतापूर्वक सश्रम 'मौसम की प्रदक्षिणा' को अनुपम सौन्दर्यमय कलेवर दिया।

माँ शारदा की अनंत, अशेष कृपा ने निस्पंद पड़े शब्दों को उर्जा एवं जीवतंता का अपरिमित विस्तार एवं निरूपण प्रदान किया है। यह परिकल्पन, अनुकथन, अनुचिन्तन और इस यात्रा के बीच आत्म दर्शन, माँ के श्री चरणों तक अपनी प्रदक्षिणा को गंतव्य स्वीकार कर कौतूहल से उत्प्रेरित हो मौसम जानना चाहता है कि कैसी रही यह घाट-घाट, करती हुई "प्रदक्षिणा करता है मौसम" की यात्रा जो अब आपके प्रेमन अंतस्तल के द्वार पर शब्द हृदय-कलश लिए खडी है, भीतर प्रवेश पाने की अनुमति को आकांक्षित, अभीप्सित, अभिरत।

करते हुए प्रदक्षिणा, देखा जीवन सार।
मसि-कागद से ऊर्ध्व है, दर्शन का संसार॥

- मधु प्रसाद

अनुक्रम

प्रणामांजली

सर्व प्रथम उर धर करूँ, सुमिरन बारम्बार ।
विघ्न हरण गौरी तनय, नमन करें स्वीकार ।।

ज्ञानाक्षर के देव शुभ, हैं मंगलमय विघ्नेश ।
चरण शरण मिल जाय तो, जीवन बने विशेष ।।

पारायण कैसे करूँ, मैं मतिमन्द अपार ।
दयावंत गणपति करो, मेरा बेड़ा पार ।।

विघ्नेश्वर ! कैसे करूँ, मैं सुख से संवाद ।
उर-द्वारे पर लिख रखे, 'आह' 'अश्रु' 'अवसाद'।।

आभूषित हर शब्द हो, संज्ञावत् मन-वेग ।
गणनायक का वरद कर, शांत करे आवेग ।।

बिन सेवा जो मनुज का, करते हैं उद्धार ।
गौरी-पुत्र गणेश का, अनुगृहीत संसार ।।

ज्ञान-ध्यान के वरद कर, प्रतिपल दें आशीष ।
जीवन की कठिनाइयाँ, हरण करें गजशीश ।।

सफल करें गणपति सकल, राग-ताल-लय-छन्द ।
अभिवंदित अभिव्यक्ति से, छूटे जग के फन्द ॥

अग्रपूज्य गजशीश हैं, शुरू करो संवाद ।
समिधा डालो प्रेम की, अनुरंजित अनुवाद ॥

दया मिले गणनाथ की, हो जाये कल्याण ।
पल में बाधा दूर हो, राह बने आसान ॥

जिनके बिन संभव नहीं, ज्ञान-बुद्धि-प्रतिदान ।
प्रतिपालक जो भक्त के, वक्रतुंड मतिवान ॥

कृपा करें माँ शारदे ! छंद रहें गतिमान ।
सात सुरों को चिर मिले, माँ से अमृत पान ॥

राग, ताल, लय, थाट की, देवी आप महान ।
अखिल विश्व को दे रहीं, आत्म नाद का ज्ञान ॥

आहद-अनहद गूँजते, कण-कण में हैं गीत ।
माँ तेरा वरदान है, इस जग को संगीत ॥

कृपा शारदा की हुई, शब्द मिले अभिराम ।
रूप, रंग, लय, ताल, रस, निसृत हुए अविराम ।।

माँ के चरणों का सदा, मैं करती सित ध्यान ।
भवसागर से तारना, करना मुक्ति प्रदान ।।

काया की माया मिटी, रही आज मैं टेर ।
माँ मेरी विनती सुनो, करो नहीं अब देर ।।

तार-तार जीवन हुआ, पग-पग पर अवरोध ।
माँ को जीवन सौंपकर, हुआ स्वयं का बोध ।।

वीणापाणि दया करें, नवगति दें, नव ताल ।
राग-रागिनी सज सके, नर्तन करें मराल ।।

हंसवाहिनी शारदा, सकल कला अभिराम ।
साँस-साँस हो रागिनी, शिरा-शिरा स्वर-धाम ।।

माँ तुमने मुझको दिया, ऐसा अक्षर-ज्ञान ।
तिमिर तिरोहित हो गया, आलोकित हैं प्राण ।।

दया करें माँ शारदे ! तनिक न हो अभिमान ।
मन मेरा निर्मल रहे, मिले ज्ञान-वरदान ॥

दिवस राग भैरव बने, रात यमन कल्याण ।
हो सुचारु सुर-साधना, माता दें वरदान ॥

वागीश्वरी, सनातनी, अनुपम छवि सुख धाम ।
शब्द-यात्रा सफल कर, खोलें नव आयाम ॥

सती, श्यामला, शैलजा, माता रूप अनेक ।
कामाख्या, ज्वालामुखी, महाशक्तियाँ एक ॥

शाकुंभरी, महागौरी, बगलामुखी प्रचंड ।
कर्म राक्षसी जो करें, पायें कठोर दंड ॥

जगदंबा, माहेश्वरी, माँ दुर्गा अतिकांत ।
उमा, रमा, अपराजिता, रक्षा करें अक्लांत ॥

सनातनी, शिव, सुंदरी, जगन्मोहिनी ख्यात ।
मनोकामना पूर्ण हो, पीर झरे ज्यों पात ॥

नारायणी, महेश्वरी, सर्वमंगला प्रीत ।
अंबा, गिरिजा, गायत्री, हार बना दें जीत ।।

चतुर्भुजा, मातेश्वरी, सुख, वैभव, यश-धाम ।
मैं अवगुण का कोष हूँ, शत शत करूँ प्रणाम ।।

गोदावरी, अलकनंदा, यमुना, तापी, गंग ।
पर्व मनाते सब यहाँ, अंत घाट के संग ।।

सहज भाव से जो करे, माँ तेरा जयकार ।
निर्मल होती चेतना, ध्यान-मनन साकार ।।

माँ ही मेरी नाव हैं, माँ ही हैं पतवार ।
माँ मेरी इस पार हैं, माँ ही हैं उस पार ।।

ध्यान-मनन करती रहूँ, निश दिन बारम्बार ।
माँ मेरा वंदन नमन, करें आप स्वीकार ।।

कृपा रहे मुझ पर सदा, सपने हों साकार ।
जर्जर नौका है इसे, कर देना भव पार ।।

भावों को मिलते रहें, शब्दों के परिधान ।
स्याही से रंगती रहूँ, जीवन के व्यवधान ।।

शब्द, अर्थ, रस, भाव में, हो अभिव्यक्ति ललाम ।
तेरा यश मैं गा सकूँ, गीतों में अविराम ।।

माँ तेरी छाया मिले, सहज योग में ध्यान ।
चरण सदा सम्मुख रहें, अनुमति करें प्रदान ।।

श्री माता भव-तारिणी, करें जगत कल्याण ।
सहज, सरल जीवन बने, प्राणवंत, प्रज्ञान ।।

माँ करुणा साकार हैं, सहज करें निस्तार ।
जीवन नौका भँवर में, दुस्तर पारापार ।।

मनमोहक श्री राम हैं, उपमा के सीमान्त ।
कवि वर्णन कैसे करें, भाव हुए उद्भ्रान्त ।।

निस्तारक प्रभु राम हैं, अनघ, अनंत, अपार ।
रहे बरसती कृपा चिर, दूर हटे अँधियार ।।

राम नाम जिसका हुआ, उसके हैं प्रभु राम ।
प्रेम और विश्वास से, लें गिरते को थाम ॥

राम-राम करते रहो, जब तक चलती साँस ।
राम-राम में निहित स्वर, करते बँसी, बाँस ॥

राम नाम में है बसे, चारों तीरथ धाम ।
राम नाम के घाट पर, प्राण करें विश्राम ॥

राम नाम अद्भुत अनत, राम नाम अनमोल ।
राम महा संगीत-स्वर, राम राग के बोल ॥

तीन लोक चौदह भुवन, दिशा-दिशा उल्लास ।
नगर अयोध्या ज्यों हुआ, जगदीश्वर-आवास ॥

राम नाम अभिराम है, राम नाम ही ध्यान ।
अंतर माला जप रहा, जीभ करे गुणगान ॥

सिया-राममय जग हुआ, है उजास हर ओर ।
अनुगृहीत सरयू हुई, घाट करें हिलकोर ॥

राम नाम में व्याप्त हैं, पाँच तत्त्व इक भाव ।
नवधा में डूबा हुआ, भक्त लिखे अनुभाव ॥

ज्ञान, ध्यान, अरु धर्म शुभ, राम- नाम वेदांत ।
कृपा सिन्धु आगार हैं, सद्‌गुण के सीमान्त ॥

तन मेरा साकेत है, मन मेरा रघुनाथ ।
प्रज्ञा सीता की तरह, रहती उनके साथ ॥

नवधा में डूबो तनिक, अनुरागी कर भाव ।
मन की गाँठें खोलकर, फिर कहना प्रतिभाव ॥

लक्ष्मण जैसा कौन है, त्यागी, सरल, अनूप ।
जग को ज्योतित कर रहा, सेवक विनय स्वरूप ॥

अग्नि-परीक्षा से हुई, अगन सहज अभिज्ञात ।
सीतामय तन-मन हुआ, बनी जगत विख्यात ॥

चरम निदर्शन प्रेम का, भक्ति-भाव अक्लांत ।
हनुमान की प्रभु निष्ठा, बना अमर द्रष्टांत ॥

कण-कण में श्री राम हैं, भक्त करें अनुकाम ।
राम नाम ही आदि हैं, राम नाम विश्राम ।।

केवट, शबरी का किया, प्रभु तुमने उद्धार ।
चरण-धूलि पाकर हुए, कितने पापी पार ।।

राम नाम से धूप है, राम नाम से छाँव ।
राम-नाम का ठौर है, आत्ममिलन का गाँव ।।

राम नाम जपती रहें, साँसें यदि अविराम ।
अंत समय लेकर चलें, राम मोक्ष के धाम ।।

राम लला के द्वार पर, रख तू अंतर खोल ।
सच्ची श्रद्धा, भक्ति के, जीवन में रस घोल ।।

केवट मेरे राम हैं, सागर यह संसार ।
नौका जर्जर हो गयी, पहुँचाएँ उस पार ।।

राम-चरित मन में बसा, अगम, अकथ वृत्तांत ।
मन में मेरे राम हैं, फिर कैसा वेदांत ।।

उर में कर संकल्प शुभ, करे राम जयकार ।
सरयू पावन हो गयी, अवध जने अवतार ।।

चित्रकूट के घाट से, आए तुलसी पार ।
गागर में सागर रखा, मानस में संसार ।।

राम नाम को मसि किया, कागद यह संसार ।
तुलसी जैसे भक्त क्या, फिर आए इस पार ।।

रामचरित की नाव पर, हो जा शीघ्र सवार ।
पार करेंगे देखना, जग के तारणहार ।।

दसों शीश में घर बना, रहता था दुर्भाव ।
राम-बाण से मिट गया, अहंकार का घाव ।।

कौन दास श्री राम का, महावीर को छोड़ ।
भक्त और भगवान का, ऐसा मिले न जोड़ ।।

महाभक्त हनुमान उर, रघुनंदन आसीन ।
अवधनाथ श्री राम में, महावीर हैं लीन ।।

रघुकुल-गौरव राम हैं, मर्यादा-सीमान्त ।
साँस - साँस गाती रहे, राम चरित अक्लांत ॥

हुए पूर्ण सपने सभी, जन-मन नाचे झूम ।
राम राज्य वापस हुआ, मची अवध में धूम ॥

अभिलाषा पूरी हुई, धरती करे पुकार ।
राम लला आए अवध, स्वागत बारंबार ॥

भक्तों का कल्याण औ', पापी का उद्धार ।
दो कर्तव्य करें शोभित, सिया राम दरबार ॥

राम नाम के घाट पर, भक्त करें अनुध्यान ।
साँसे प्रत्यर्पण करें, मोक्ष मिले प्रतिदान ॥

रथ के पहिये खींचता, मन ही बारम्बार ।
जगन्नाथ जी जा रहे, मौसी के घर द्वार ॥

निरख छवि रथ की सुन्दर, मन में हुई सुभोर ।
अंतर आभासित हुआ, रसोल्लास हर ओर ॥

मन रथ के आगे चले, कभी चले रथ साथ ।
पीछे-पीछे हो कभी, चरण-धूलि ले माथ ॥

रथ-यात्रा मन से हुई, नहीं थके हैं पाँव ।
चौरासी का फेर है, प्रभु का प्रेमिल गाँव ॥

रथ की डोरी पकड़ कर, मन करता अनुनाद ।
आल्हादित तन हो उठा, सुन अनहद का नाद ॥

रथ को पकड़े मन चला, अनुपस्थित थी देह ।
प्रेम लगन ऐसी लगी, पहुँचूँ प्रभु के गेह ॥

इक यात्रा बाहर रही, दूजी मन के साथ ।
दोनों में सँग-सँग चले, जय जगदीश्वर नाथ ॥

प्रेम-नगर में ढूँढती, मीरा अपना श्याम ।
देह स्वयं ही हो गयी, पावन गोकुल धाम ॥

मीरा ने तन-मन किया, इकतारा अभिराम ।
साँस-साँस गाती रही, श्याम-श्याम बस श्याम ॥

द्वार खुले हैं श्याम के, होने आई शाम ।
चलो गठरिया बाँध लो, बीते आठों याम ।।

मीरा जैसी भक्ति हो, राधा जैसा नेह ।
श्याम-श्याम भी कब रहे, अंतर बसे सदेह ।।

राधा की धारा विरद, अति विशिष्ट है नाम ।
तन-मन पावन हो रहा, सृष्टि लगे अभिराम ।।

राधा-माधव साथ हैं, जीवन है निष्काम ।
अविरल धारा प्रेम की, बहती चारों धाम ।।

माधव को राधा कहो, या राधा को श्याम ।
दोनों से मिल कर बना, प्रेम शब्द अभिराम ।।

पी से मिलकर आ रहे, नैना ढूँढे ठौर ।
जाते में कुछ और थे, लौटे हैं कुछ और ।।

मन परती पर ले लिया, गिरवी रक्खे प्राण ।
प्रियतम साहूकार है, ले नेहिल प्रतिदान ।।

चितवन-चितवन ले गए, अंतर गया उधार ।
प्रियतम की छवि दिख गई, ध्यान-मनन के द्वार ॥

अंतर्घट में देखना, दर्शन है भरपूर ।
मावस, पूनम, चाँद का, भेद हो गया दूर ॥

बूँद-बूँद ढूँढा उसे, बूँद हो गए प्राण ।
बूँद बूँद से जा मिली, मिला व्यथा से त्राण ॥

अंतर में अंतर रहा, छिपे रहे घनश्याम ।
ज्यों ही कल्मष धुल गया, प्रेमिल आठों याम ॥

देह पींजरा हो गई, बन्धक मन का चैन ।
अंतर्वर्ती हो गए, प्रियतम तेरे नैन ॥

मटकी फूटी अहं की, सम्मुख आए श्याम ।
जीवन फलदायक हुआ, पहले था बेदाम ॥

हृदय भले बेचैन है, अधर पुकारें नाम ।
व्याकुलता में मिल रहा, चैन मुझे घनश्याम ॥

नैना गिरवी रख दिये, वाणी गयी उधार ।
साँसों की बोली लगी, तब आये प्रभु द्वार ।।

मैली-मैली ही रही, चादर हुई न श्वेत ।
करम-गठरिया में भरी, पंच-दोष की रेत ।।

छवि ऐसी मन पर पड़ी, हटा न क्षण भर ध्यान ।
प्रियतम तेरे दरस से, विष भी सुधा समान ।।

कानों में अमृत घुला, सुन बंसी की तान ।
चैन कहाँ अब नैन को, प्रिय में लागे प्राण ।।

ऊधो अंतर ब्रह्म हैं, राधा-अंतर श्याम ।
वेद जिसे हैं ढूँढते, वे बैठे ब्रज धाम ।।

राधा कान्हा हो गयी, खोकर मन का चैन ।
प्रेम-धार में बह रही, आठ पहर दिन-रैन ।।

अपने मन के खेत में, बोया तेरा नेह ।
अंतर कोंपल फूटती, बाहर सुरभित देह ।।

दरपन में छवि प्रेय की, दिखती बारम्बार ।
बाहर भी सिंगार है, भीतर भी सिंगार ।।

फटका मन के सूप को, छिलका दिया उड़ाय ।
प्रभु छवि अंतर आ बसी, जगत दिया बिसराय ।।

अंतर पर ऐसी पड़ी, प्रियतम तेरी छाप ।
आठ पहर मैं सुन रही, बस तेरी पदचाप ।।

सूली ऊपर सेज है, और समर्पित प्राण ।
आँखें खोजें श्याम को, अधर करें गुणगान ।।

ऊधो तेरे नैन में, ब्रह्म रहें अविराम ।
मुझको कुछ दुविधा नहीं, मेरे अंतर श्याम ।।

अँगुली ऊपर धर लिया, पर्वत किया महान ।
ऐसे अपने कान्ह ने, किया जगत कल्याण ।।

मान दहन करने हेतु, किया नृत्य अभिराम ।
लीलाएँ यदुनाथ की, हर युग में अविराम ।।

श्याम-मनोहर, साँवला, योगेश्वर, श्रीनाथ ।
कश्ती मेरी भँवर में, पकड़े रहना हाथ ॥

रास-रचैया, सारथी, वनमाली, योगेश ।
पूतनारि तारक सदय, गोविन्दा गोपेश ॥

पीतांबर, अर्जुन सखा, मुरलीधर घनश्याम ।
राधा की साँसों बसे, कण कण जिनका धाम ॥

मीरा जैसी भक्त के, गीतों के आधार ।
कान्हामय जग हो गया, पाकर प्रेम अपार ॥

'भ्रमर गीत' से हो गये, सूरदास विख्यात ।
उद्धव ने पाया सहज, मोक्ष धाम अज्ञात ॥

ऊधो मन संदेह क्यों, रहता आठों याम ।
जान सकी अब तक नहीं, मैं राधा या श्याम ॥

कृष्ण नाम से गूँजता, जैसे हो हर घाट ।
राधा रानी जोहती, लहरों सँग पिय बाट ॥

राधा धारा प्रेम की, जो डूबे हो पार ।
निस्तारक श्री कृष्ण हैं, सागर अगम अपार ॥

अगम, अगोचर, शैलधर, अडिग, अनादि, अडोल ।
लीलाधर के प्रेम में, राधा-राधा बोल ॥

प्रेम नाम राधा रहा, हुआ विपुल विस्तार ।
भाव-समर्पण हो गया, मीरा में साकार ॥

मधुबन को दहका रहा, कालिंदी का नीर ।
बरसाने वाली कहे, बड़ी वितत है पीर ॥

मनमोहन से पूछ कर, आना मेरे गाँव ।
यहाँ अभी तक है वही, कान्त चरण की छाँव ॥

बाहर भीतर श्याम की, छवि ही मेरा गेह ।
मन तो बैरागी हुआ, देह रही कब देह ॥

नैनों में छवि श्याम की, अंतर केशव-धाम ।
राधा का पर्याय है, केवल माधव नाम ॥

विष का प्याला पी लिया, सूली ऊपर सेज ।
मीरा जैसा जो बने, लेता सभी सहेज ॥

जर्जर काठी हो गयी, निष्प्रभ होते प्राण ।
अब तो मुझे उबार लो, मेरे कृपानिधान ॥

अधरों पर साँसें धरीं, नैना करे पुकार ।
प्रेम गली में भटकती, श्याम लगाओ पार ॥

अनागम्य राहें विषम, बाधा अपरंपार ।
ईश-कृपा हो तो लगे, जर्जर कश्ती पार ॥

राधा को राधा कहो, कहो श्याम को श्याम ।
दिखते दो पर एक ही, अदभुत है ब्रजधाम ॥

राधा थी मैं गोपिका, अब हूँ केवल श्याम ।
बंसीधर की बाँसुरी, प्राणों का है धाम ॥

राधा राधा कब रहीं, श्याम रहे कब श्याम ।
दोनों की धारा विरत, विरह-मिलन का धाम ॥

मीरा जैसा मन बने, देह बने रसखान ।
सूरदास से नयन हों, तुलसी जैसा गान ॥

अधर हलाहल पान कर, प्रेम करे साकार ।
पूर्ण समर्पण भाव का, मीरा हैं आधार ॥

प्रेम-रतन जिसको मिला, पूरी उसकी चाह ।
मीरा - सा धनवान कब, फिर आया इस राह ॥

अमरित जैसा हो गया, जीवन का विष पान ।
मीरा जैसी भक्त का, विश्व करे अनुगान ॥

कृष्ण पूर्ण अवतार हैं, कृष्ण प्रेम का नाम ।
गीता जैसे ज्ञान से, मृत्यु हुई अभिराम ॥

लहर-लहर गाती रही, चिर मीरा की पीर ।
पार इधर आया नहीं, जो बैठा उस तीर ॥

धन्यवाद प्रभु को कहूँ, औ' मानूँ आभार ।
शब्दों को पर लग गए, अर्थ हुए साकार ॥

अंतर में तू आ बसा, मैं तो हुई अमीर ।
पूरी दुनिया हो गयी, अब मेरी जागीर ।।

अहम-वहम सब मिट गया, ज्यों ही हुआ प्रभात ।
ध्यान-मनन से हो गयी, दुविधा बीती बात ।।

जन्म भूमि से दूर बस, कर्म भूमि के पास ।
लीलाधर हरने लगे, इस जग के संत्रास ।।

निकरौसी जब हो किशन, पकड़े रहना हाथ ।
पीड़ा से मुक्ति मिले, औ', चलूँ तुम्हारे साथ ।।

विश्वेश्वर तव नाम का, करती हूँ नित जाप ।
निस्तारक प्रभु आप हैं, दूर करें संताप ।।

पतझर में जैसे कभी, आ जाए मधुमास ।
कृपासिंधु के दरस हों, केवल यह अभिलाष ।।

चन्द्रमौलि हैं माहेश्वर, तम का करें विनाश ।
ग्रहण ग्रसित जीवन धवल, धूमिल हुआ उजास ।।

बारह ज्योतिर्लिंग हैं, अनगिन तीरथ-घाट ।
गिनती की साँसें खड़ी, जोह रहीं प्रभु बाट ॥

आशुतोष, कैलाशपति, शैलेश्वर, ईशान ।
महाकाल रक्षा करें, दूर सभी व्यवधान ॥

योगेश्वर, त्रयशूलधर, शिरोमाली, मुनीश ।
दया-दृष्टि जगदीश की, बरसाती आशीष ॥

उमाकांत, शिव, शम्भु हैं, ताराधिप, माहेश ।
चरण-शरण में आ गई, इच्छाएँ सब शेष ॥

नहीं पूछता ईश को, धरे न पल भर ध्यान ।
ऐसे मानव का भला, हो कैसे कल्याण ॥

जीवन नैया खे रही, प्रभु-सुमिरन के साथ ।
पार लगेगी या नहीं, है सब उसके हाथ ॥

कर पाती यदि ईश को, मैं क्षण भर भी याद ।
दुख से फिर होता नहीं, जीवन में प्रतिवाद ॥

जैसी रखी कबीर ने, ऐसी रखता कौन ।
मैली चादर ओढ़ कर, सो जाते सब मौन ।।

चादर ओढ़ी जतन से, फिर रख दी बिन दाग ।
कौन यहाँ फिर पा सका, कबिरा जैसा भाग ।।

ज्यों-की-त्यों जिसने रखी, वह था दास कबीर ।
हुआ नहीं फिर आज तक, ऐसा धनी फ़कीर ।।

कबिरा जैसी ओढ़नी, है किस-किस के भाग ।
मैली चादर ओढ़कर, प्रभु से करते लाग ।।

शतधा नवधा व्यर्थ है, अगर न सच्ची प्रीत ।
प्रभु को केवल प्रिय लगे, पावन अंतर मीत ।।

जा दाता के द्वार पर, लेकर अंतर साफ़ ।
खरा माल स्वीकारते, प्रभु सच्चे सर्राफ़ ।।

निष्ठा दृढ़ उर में रहे, मन में चिर विश्वास ।
सेवकता निर्विघ्न रहे, प्रभु आयेगें पास ।।

चित्राक्षर में लिख रखी, प्रभु को अपनी पीर ।
जाने कब उद्धार हो, चितवन रहे अधीर ॥

आमुख में मैंने लिखा, पीड़ा का इतिहास ।
प्रभु-दर्शन कैसे मिले, कब हो पूरी आस ॥

आराधन अनुराग का, प्रभु भी रखते मान ।
कर्म-विहित फल सहज ही, करते सदा प्रदान ॥

आत्म-निरीक्षण जब किया, पाया घन अज्ञान ।
अहंकार क्षण में मिटा, मिला आत्म-संज्ञान ॥

तुम से मिल कर मैं हुई, जैसे केसर रंग ।
अब दुनिया का क्या करूँ, जब तुम मेरे संग ॥

शब्द, सूत्र औ' शास्त्र से, नहीं निखरता प्रेम ।
हस्ती सारी मेट दो, तब मिलता है क्षेम ॥

हे प्रभु ! तेरे नाम से, पूर्ण हो रहे काम ।
करुणा की छाया सदा, रखना मेरे धाम ॥

अवगुण मेरे आपने, गिने नहीं प्रभु एक ।
करुणाकर प्रभु ! आपकी, दया सघन अतिरेक ।।

पहर तीसरा जा रहा, रहा न कोई नाम ।
चलो गठरिया बाँध लो, जाना प्रभु के धाम ।।

शंकाएँ सब मिट गयीं, कोई नहीं विवाद ।
अंत समय केवल रहे, राम नाम की याद ।।

चलो चलें घर आपने, पूर्ण हुआ अनुवाद ।
श्री चरणों में बैठकर, सुनना अनहद नाद ।।

बादल, नदिया, धूप, तरु, सरवर, मधुबन, फूल ।
तू ही है सबमें छिपा, तू ही जग का मूल ।।

विश्वेश्वर के रूप का, प्रेम करे गुणगान ।
प्रेम अनन्त असीम है, प्रेम आत्म-परिधान ।।

जब तक मन में 'मैं' रहा, घना रहा अँधियार ।
जिस क्षण 'मैं' से 'तुम' हुआ, पाया प्रभु का द्वार ।।

प्रेम

दसों दिशा प्रेम का, करतीं नव विस्तार ।
कण-कण में बस प्रेम ही, कण-कण का आधार ।।

प्रेम अनन्त अशेष है, प्रेमी रूप अपार ।
मानव जीवन ईश का, प्रेम भरा उपहार ।।

प्रेम न बाँधे जीव को, प्रेम न करे प्रहार ।
प्रेम तरी में जो गया, वह उतरा उस पार ।।

प्रेम अजेय अडोल है, प्रेम हँसी-मुस्कान ।
प्रेम बसा जिसके हृदय, जग में पाये मान ।।

कौन जानता प्रेम की, सीमा का विस्तार ।
मंत्र फूँक दो प्रेम का, हो पीड़ा-निस्तार ।।

प्रेम सार है जीव का, प्रेम ज्ञान का मूल ।
प्रेम-रहित जीवन जिया, उसका जीना भूल ।।

प्रेम नाम है ईश का, ईश बसें सित प्रेम ।
एक द्वार है मुक्ति का, एक द्वार है क्षेम ।।

है अपूर्ण बिन प्रेम के, सारा जग व्यवहार ।
प्रेम-चाशनी में पडा, गुड़ हो जाए ख़ार ।।

प्रेमिल जिनके हृदय हैं, मधुर मृदुल नित बोल ।
ऐसे जन को नमन कर, बढ़ता अपना मोल ।।

प्रेमनगर में घर बना, बाँटो प्रेम-प्रसाद ।
जीवन के हर रूप का, प्रेम करे अनुवाद ।।

प्रेम-रहित जीवन लगे, ज्यों मरुथल, पतझार ।
प्रेम बिना निर्मूल है, साँसों का उपहार ।।

कथ्य-शिल्प, लय-छंद से, कब बनता है गीत ।
नहीं समाहित प्रेम-रस, निश्चेतन संगीत ।।

भीतर बाहर प्रेम हो, प्रेम करे विस्तार ।
अंतर्मन में प्रेम के, दीप करें उजियार ।।

नियमबद्ध कोई रचे, ताल छन्द संगीत ।
लुप्त रहा यदि प्रेम रस, विरस, विफल वह गीत ।।

जूही, बेला, मोगरा, प्रेमिल हरसिंगार ।
शोभान्वित उपवन हुआ, शीतल बहे बयार ॥

परिभूषित कर प्रेम को, शब्द रहे अक्लांत ।
ढाई आखर से शुरू, हुआ जगत-वृत्तांत ॥

प्रेम अगाध अपार है, कैसे करें बखान ।
धरती ने अम्बर तलक, ताना प्रेम-वितान ॥

अनुकंपा प्रभु की हुई, ऐसा पाया प्रेम ।
साँसें अभिनंदन करें, गूँजे अंतर क्षेम ॥

प्रेम गली कितनी जटिल, दुर्गम और अबोध ।
थाह वही है ले सका, जिसकी सोच प्रबोध ॥

प्रेम-राह काँटों भरी, कठिन बहुत फैलाव ।
इस पथ के राही कहें, अन्तिम कहाँ पड़ाव ॥

प्रेम बिना कड़वा लगे, जीवन ज्यों अभिशाप ।
हुआ प्रेम सें दूर जो, उसके हिस्से ताप ॥

चाहें कितने वाद हों, कितने ही अनुवाद ।
ढाई आखर में बसा, जीवन का संवाद ।।

प्रेम ज्ञान का मूल है, प्रेम मनन औ' ध्यान ।
प्रेम बिना कविता कहाँ, प्रेम प्राण-विज्ञान ।।

प्रेम अनारत प्रभु कृपा, प्रेम लगाए पार ।
प्रेम अगम दृष्टांत है, प्रेम सृष्टि-आधार ।।

रूप प्रेम का दास है, रूप नहीं गुण-माप ।
अभिरक्षक प्रेमिल हृदय, जिसमें रहते 'आप' ।।

प्रेम ध्यान का सार है, प्रेम वेद-शृंगार ।
प्रेम सृजन अविराम है, अमल विरल जलधार ।।

प्रेम जगत-सौंदर्य है, प्रेम-जगत दुर्बोध ।
प्रेम शब्द पर हो रहा, युगों-युगों से शोध ।।

जिनके भीतर प्रेम है, उनकी सुंदर देह ।
लेप लगाओ प्रेम का, मन हो चाहे देह ।।

प्रियतम

मन को छलनी कर दिया, देह हुई कंकाल ।
बिन प्रियतम मुझको लगा, पूरा जग जंजाल ॥

गुड़ से मीठी धूप है, मधु-से मीठी छाँव ।
उससे भी ज़्यादा मधुर, है प्रियतम का गाँव ॥

बिछा चदरिया नेह की, ओढ़ प्रीत की शाल ।
बिरहिन सपना देखती, होती मालामाल ॥

तन कितना भी भीग ले, मन हो ले जलधार ।
प्रियतम बिन लगता सदा, सावन भी पतझार ॥

होली बिना गुलाल के, दीवाली बिन दीप ।
पिया बिना जीवन हुआ, ज्यों मोती बिन सीप ॥

सावन-सावन दिन हुए, रातें ज्यों मधुमास ।
प्रिय को छू पुरवा हुई, मृदुल मदिर आभास ॥

पलकों पर ठहरी रही, निदिंया सारी रात ।
आँखों-आँखों ही हुई, प्रिय से कितनी बात ॥

मेरे सपनों को मिला, एक नया आधार ।
ताल, छन्द, लय, राग से, प्रीत हुई साकार ॥

उमर बीतती जोह कर, प्रियतम तेरी बाट ।
सँध्या पीली हो गई, उठने को है हाट ॥

ओढ़ चुनरिया लगन की, बिछा सपन की शाल ।
आँसू के घर सो गयी, पीड़ा थी बेहाल ॥

जवाकुसुम-सी रात है, हरसिंगारी गंध ।
चलो आज हम तुम लिखें, अभिनव प्रेम-निबन्ध ॥

सपनों में सपना दिखा, प्रियतम आए पास ।
सपने में ही खिल उठा, मुरझाया वातास ॥

शुक्ल पक्ष का चाँद, औ' हरसिंगारी रात ।
प्रियतम का है आगमन, ज्यों मरु में बरसात ॥

कैदक में लिख कर रखा, मैंने जी का हाल ।
पीड़ा रुपायित हुई, आँसू जैसे ताल ॥

संदेशा प्रिय का मिले, तो आऊँ प्रिय-द्वार ।
सिंदूरी अभिलाषाएँ, करती हैं मनुहार ॥

प्रियतम की पाती लिये, आई मृदुल बयार ।
बेना, पायल, करधनी, स्वागत को तैयार ॥

पारपत्र कैसे मिले, पहुँचूँ प्रियतम देश ।
अनुरंजित परिकल्पना, पाये नव परिवेश ॥

छहरीली पुरवा चले, अभिमंडित उद्यान ।
मन ही मन अंतर सुने, सपनों का मृदु गान ॥

नीला नभ काला हुआ, आँखें हुईं चकोर ।
अरे ! कहाँ वह चाँद है, प्रिय-सा चितवन चोर ॥

किस करवट निंदिया मिले, साँसें हों विश्रांत ।
जाने कितनी दूर है, पीड़ा का सीमांत ॥

सम्मोहित-से दिन हुए, न्योता भेजे रात ।
प्रियतम की पाती लगी, फूलों भरी परात ॥

रेखांकित करके पिया, भेजा यह संदेश ।
एक तुम्हारे बिन लगे, सूना यह परिवेश ।।

आँखों में अनगिन सपन, अधरों ठहरे गीत ।
उर की गलियाँ प्रेम की, तुम बिन सूनी मीत ।।

कैदक में ही कैद है, विगत क्षणों की याद ।
मिलन-बिछोड़ा रह गये, करने को अनुवाद ।।

दुर्निवार है व्यंजना, अति दुस्सह यह पीर ।
केवल प्रियतम जानते, वे ही पीर फकीर ।।

रात अलोनी जा रही, दिवस हुए बेरंग ।
प्रियतम तेरे विरह में, जीवन ज्यों पासंग ।।

परस तुम्हारा ज्यों मिला, देह हो गयी फाग ।
ताल, छन्द को साधती, ले उर में मृदु राग ।।

शिलांकित जब कर दिया, केवल प्रियतम नाम ।
हृदय-पटल पर क्यों लिखा, विरह प्रेम-परिणाम ।।

अधरों पर ठहरा हुआ, अंतर का उपताप ।
प्रिय-दर्शन की चाह में, शब्द हो गये जाप ॥

छागल, पायल, करधनी, चूड़ी, बाजूबन्द ।
प्रिय की आहट से हुयें, गीतों वाले छन्द ॥

खुद आभूषण हो गयी, सुना प्रीत-संदेश ।
नंगे पाँवों चल पड़ी, गोरी प्रिय के देश ॥

हँसुली, झुमकी, करधनी, झूमर लगता छाप ।
साजन से मिलने चली, गोरी बिन पदचाप ॥

पवन डाकिया डालता, प्रेम पत्र उपहार ।
आमन्त्रण प्रिय का मिला, दर्पण करे प्रचार ॥

चित्य बने मम चित्र यह, तुम भर देना रंग ।
घन-सी हो परिकल्पना, ऋतु बजाये चंग ॥

प्रियतम तेरी आस से, अच्छा है संन्यास ।
मोह तिरोहित हो रहा, सपनों को वनवास ॥

शब्द ठिठक कर रह गये, आँखें करतीं बात ।
प्रियतम सम्मुख हैं खड़े, क्या माँगू सौगात ॥

सम्मोहन जैसे हुआ, आँखों बीती रात ।
प्रियतम ने जब से कही, प्रेम पगी वह बात ॥

घूँघट के पट खोल कर, घर-घर जाती प्रीत ।
छिपे रहे प्रियतम जहाँ, वहीं छिपी मैं मीत ॥

मेरे अंतर में पड़ी, जब से तेरी छाप ।
कानों में नित गूँजती, है तेरी पदचाप ॥

प्रियतम तेरी सोच में, हुआ प्रेम-विस्तार ।
अब अंतर ही हो चला, प्रभु-प्रेमिल संसार ॥

प्रियतम की छवि दीखती, जब देखूँ प्रभु छोर ।
दोनों ही अप्राप्य हैं, दोनों सतत अछोर ॥

प्रियतम तेरी याद में, खंख हो गयी देह ।
प्रभु-दर्शन भूली रही, खोया जग का नेह ॥

जाने कैसी छवि दिखी, सुधबुध अंतर्धान ।
आठ पहर प्रियतम रहे, भीतर विराजमान ॥

देह गवाही दे रही, प्रिय ने छीना चैन ।
सुनती हैं आँखें कहाँ, अब मेरे मृदु बैन ॥

प्रीत राग में ढल गयी, प्रियतम हुए ख़याल ।
कव्वाली गाने लगा, मौसम बन कव्वाल ॥

दिन वीणा जैसा हुआ, रात हुई मृदु गान ।
प्रियतम के संदेश ने, बदली उर की तान ॥

आँखों में फागुन घुला, देह करे संज्ञान ।
मन प्रियतम ने रंग दिया, साँसें साधें ध्यान ॥

जब से छूकर प्रेय को, लौटी मदिर बयार ।
अनहद गूँजे देह में, धड़कन हुई सितार ॥

सूर्यमुखी-से दिन हुए, पारिजात-सी रात ।
कोहबर में गोरी ने, प्रियतम को दी मात ॥

आँखें अपलक देखतीं, ऋतुओं का शृंगार ।
प्रियतम से जब भेंट हो, मेरा वह त्योहार ॥

काजल के बस का नहीं, प्रियतम से मनुहार ।
कर सोलह सिंगार चली, गोरी प्रियतम द्वार ॥

परिदर्शन प्रिय का मिला, उर में जगा हुलास ।
मन को फिर रंगने लगा, चित्रकार मधुमास ॥

प्रियतम तेरे बोल से, कैसा अद्‌भुत चैन ।
भरी दुपहरी सो रही, जागूँ सारी रैन ॥

चूड़ी, मुंदरी, पैंजनी, कंगन, मुक्ताहार ।
आँख गड़ाए ताकते, कुंडी, आँगन, द्वार ॥

प्रितयतम के संकेत से, देह हो गई ताल ।
बहुत देर हिलता रहा, मन नौका पर पाल ॥

मन जैसे माया-मृगा, कब ठहरे इक गाँव ।
कस्तूरी, प्रियतम कहाँ, ढूँढ़ रहा हर ठाँव ॥

सपने

शहनाई सुनकर जगे, सपने लोकातीत ।
पलकों के घर बैठकर, गाते स्वागत-गीत ॥

आँखो में बो कर सपन, जी भर सोई रात ।
अंकुर पुष्पित हो गए, ज्यों ही हुआ प्रभात ॥

मूल्यांकन करती रही, अरे ! जागती रात ।
किसकी आँखों नींद दूँ, सपन किसे सौगात ॥

सपनों सँग करती रहीं, रजनी, निंदिया सैर ।
ज्यों ही देखा भोर को, भागीं उल्टे पैर ॥

चलो चलें निंदिया-नगर, देखें अभिनव खेल ।
निशिकर लड़ता रात से, फिर कर लेता मेल ॥

आँखों के कितने सपन, उड़ने को तैयार ।
आती नींद समीप कब, लगती है अय्यार ॥

सपने लेकर आ गया, चंदा तना वितान ।
शुक्ल पक्ष का महापर्व, अम्बर सित द्युतिमान ॥

अँगड़ाई लेकर उठे, सपने हुए सुमीत ।
रजनी के आँगन खड़ी, निंदिया गाए गीत ।।

तलछट बैठे सोचते, सपने कुछ अनमोल ।
मन की बातें आँख से, निंदिया देती बोल ।।

सपनों से घुल मिल गये, अंतर के अनुभाव ।
निंदिया प्रतिवक्ता हुई, आँखें रखें सुझाव ।।

आँखों से बातें हुई, सपना देखा रात ।
निदिंया सज-धज आ रही, ले चंदा सौगात ।।

पहरेदारी कर रहीं, आँखें ये दिन-रात ।
सपन न कह डालें कहीं, प्रियतम से वह बात ।।

निंदिया पौरिक हो रही, मनवाती हर बात ।
सपनों को संकेत कर, आँखों को दे मात ।।

सपनों में कब कह सकी, अपने मन की बात ।
प्रियतम तेरे बिन लगे, निंदिया ज्यों प्रतिघात ।।

सपनों को बंधक बना, निशा ले गई संग ।
निंदिया पलकों पर रही, आँखें होतीं तंग ।।

कुठले में भर कर रखा, सपनों का संसार ।
सीलन कुछ ऐसी लगी, व्यर्थ हुआ भंडार ।।

सुभग सुमन जैसा लगे, सपनों का आवास ।
आँखें तो उपवन लगें, रजनी ज्यों मधुमास ।।

आँख-मिचौली खेलते, सपने सारी रात ।
बचपन, गुड़िया, रूठना, फिर कर लेना बात ।।

आँखों-घर नर्तन हुआ, सपने जैसे मोर ।
निंदिया अनुगायन करे, उर में नेह अछोर ।।

आँखों-आँखों चल रही, प्रियतम से कुछ बात ।
आज नहीं कल हो रहा, बीती जाती रात ।।

सपनों के संसार में, हँसी, खुशी औ' मेल ।
आँख खुली तो दीखते, कड़वाहट के खेल ।।

सपनों वाले हाट में, नींद ढूँढती चैन ।
थकी हुई घर लौटती, ले काँधे पर रैन ॥

आँखों में उतरे हुए, सपने हैं अधियार ।
निंदिया को बेघर किया, निशा जा रही पार ॥

सपने यूँ करते दिखे, संग निशा के रास ।
निंदिया को ऐसा लगा, पूरी हुई तलाश ॥

सुख जैसे सपने हुए, दुख लगता साकार ।
एक ओर मँझधार है, एक ओर पतझार ॥

आँखों में उतरे सभी, सपन हुए उपहार ।
मन जैसे कत्थक करे, साँसें बनें सितार ॥

अमरबेल दुख की हुई, फैल रही अविराम ।
सुख सारे चोरी हुए, आँसू आठों याम ॥

रजनी चौसर खेलती, नींद गयी लो हार ।
सपन दाँव पर जा लगे, पीड़ा मिली अपार ॥

आँखों के दरबार से, सपने हुए फ़रार ।
जागे सारी रात भर, पीर कहे आभार ॥

सपने चौसर खेलते, हारे सारे दाँव ।
पलक-द्वार पर आ खड़े, छुएँ नयन के पाँव ॥

प्रियतम से हारुँ भले, होगी मेरी जीत ।
आँखें पासे फेंकती, दाँव लगाती प्रीत ॥

संग निशा के खेलते, सपने ले विश्वास ।
सारे दाँव उलट गये, नींद गई वनवास ॥

सपने करते खुदकुशी, छलती रहती रात ।
प्रियतम केवल सोच में, देह सहे आघात ॥

अवमानित उपवन हुआ, अवसादी मधुमास ।
ध्वस्त हुए सपने सभी, पोहर हुआ पलाश ॥

चंदा कहता निशा से, सदा निभाना साथ ।
भले ग्रहण मुझको लगे, पकड़े रहना हाथ ॥

शिविका में बैठी हुई, सोचे पूनम-रात ।
मैं केवल जलधार हूँ, निशिकर प्रेम-प्रपात ।।

नाटक करती चाँदनी, चंदा चतुर सुमीत ।
देता मुँह दिखाई में, आलिंगन भर प्रीत ।।

शरद-पूर्णिमा आ गयी, पहन नये परिधान ।
रूपमान चंदा लगे, निशा करे अभिमान ।।

अभिमंत्रित चंदा हुआ, सपने हुए अमीर ।
अभिमंडित रजनी लगी, ज्यों अनंग के तीर ।।

गजरे लेकर हाट में, बैठी निशा सुजान ।
आमंत्रण पा शशि करे, गहन प्रेम प्रतिदान ।।

अनुनायक जैसा लगे, चंदा तरल सुबोध ।
पीछे कब रजनी रही, करे प्रगम अनुरोध ।।

सपनों के बाजार में, घूम रही है रात ।
ढूँढ रही है नींद को, करने को दो बात ।।

स्वप्निल निद्रा के लिए, रहे जागते नैन ।
भोर सुनहरी आ गई, विदा हो गयी रैन ॥

यही सोचकर काटती, दुख की काली रात ।
शायद जीवन में कभी, आए नवल प्रभात ॥

सपनों में जग जी लिया, सपनों की क्या बात ।
आँख खुली तो दीखते, दुख के झंझावात ॥

सपनों में अठखेलियाँ, केवल मिथ्याभास ।
मानव आँखें बंद कर, जीता झूठी आस ॥

दिया बटाई पर जभी, सपनों का उल्लास ।
सूना तब से हो गया, निंदिया का आवास ॥

बाट जोहती प्रीत की, आँखें है तल्लीन ।
अधरा में बैठे सपन, निंदिया लेते छीन ॥

सपनों में किसकी हुई, पूरी मन की आस ।
ज्यों ही पलकें खोलती, दिखते नव संत्रास ॥

देश

भारत माँ के भाल पर, लिख शोणित से नाम ।
वीर सपूतों ! कर दिया, तुमने अद्‌भुत काम ॥

पहरेदारों देश के, शत शत तुम्हें प्रणाम ।
माटी गौरवमय हुई, पुलकित चारों धाम ॥

प्रिय भारत को मिल गया, 'अभिनंदन' अभिराम ।
प्राण हथेली पर धरें, प्रहरी दृढ़ अविराम ॥

रक्षा करते देश की, सजग नयन दिन रात ।
कितना भी दुश्मन प्रबल, वह खाएगा मात ॥

उन आँखों ने कर दिया, आतंकी का नाश ।
जो थे करना चाहते, हिंसा और विनाश ॥

जगत गुरु भारत हुआ, अपना देश विशेष ।
विकसी संस्कृतियाँ यहाँ, ज्ञान-महान अशेष ॥

वीर सपूतों की भूमि, संतों का आवास ।
जन्मे थे इस भूमि से, तुलसी, नानक, व्यास ॥

बेटी

बेटी घर का नमक है, बेटी माँ का भात ।
बेटी लोरी गान है, लाए विरद प्रभात ।।

बेटी देवी रूप है, पूजा का है थाल ।
त्योहारों का रंग है, खुशियों की जयमाल ।।

तप्त धरा पर वृष्टि सम, जाड़े में है धूप ।
ऋतुओं-सा प्यारा लगे, बेटी का हर रूप ।।

बेटी घर की हँसी है, बेटी है शृंगार ।
बेटी के हर रूप पर, मैं जाऊँ बलिहार ।।

बेटी की रक्षा करो, बेटी रतन समान ।
बेटी से परिवार है, संस्कृति का यश-गान ।।

सुख-समृद्धि-सूचक-सुभग, बेटी मंगल गान ।
वंश बढ़ाती बेटियाँ, कुल-गौरव अभिमान ।।

बेटी कुलवतंस सदा, कोष कुबेर समान ।
संसृति को रूपित करे, अमित अतुल वरदान ।।

कभी महादेवी बने, कभी सुभद्र महान ।
मीरा जैसी बेटियाँ, अतुलित कोष समान ॥

बेटी जैसे शंख-ध्वनि, जीवन-मंत्रोच्चार ।
अनुनादित घर को करे, सुखद वार-त्योहार ॥

तीन लोक का सुख मिले, शतधा हो स्वीकार ।
बेटी को सम्मान दो, होगा बेड़ा पार ॥

पूर्ण-चंद्रिका ज्यों करे, आलोकित आकाश ।
बेटी का है आगमन, मुखर हर्ष-उद्भास ॥

बेटी के सम्मान का, उड़ा रहे जो हास ।
इसी जनम में भोगना, उन्हें नरक का वास ॥

बेटी ही अधिकार है, वरद उत्तराधिकार ।
बेटी की बढ़कर करो, आकांक्षा स्वीकार ॥

बेटी सरिता नेह की, बेटी रंगोल्लास ।
बेटी के हर रूप में, है देवी का वास ॥

बेटी लाली भोर की, बेटा जीवन-धूप ।
दोनों के सहकार से, आँगन पाता रूप ॥

रूप, रंग, लय, ताल, सुर, कजरी, चैती, गीत ।
बेटी छंद कवित्त है, बेटा जैसे प्रीत ॥

बेटी से है मायका, बेटी से ससुराल ।
बेटी पाकर हो गए, ये दो शब्द निहाल ॥

बेटी नारी रूप है, माता का अवतार ।
बेटी सुभग भविष्य है, जग की सिरजनहार ॥

बेटी ही माता बने, पत्नी रूप में प्यार ।
बहन रूप में मानती, भाई से त्योहार ॥

संस्कृति की रक्षा करे, देकर सद संस्कार ।
जग को देती बेटियां, ममता का उपहार ॥

छह ऋतुएँ ज्यों बेटियाँ, होतीं बारह मास ।
मंजूषा सद्भाव की, रखतीं हरदम पास ॥

बेरंग बचपन

बचपन का दुश्मन बना, लूट रहा विश्वास ।
मानव तेरी देह की, कैसी है यह प्यास ॥

नोच-नोच कर खा रहा, गुड़ियों का जो मांस ।
ईश्वर ऐसे मनुज की, अभी रोक लो साँस ॥

खेल-खिलौने रो रहे, आँसू-डूबी आँख ।
मानव क्यों कर नोचता, छोटी-छोटी पाँख ॥

किलकारी को रौंद कर, लेता उसकी जान ।
ईश्वर ऐसे पाप का, करना कड़ा विधान ॥

मानव तेरी देह की, कैसी है यह आग ।
कली-कली को फूँकता, और मनाता फाग ॥

मानव को क्यों कर मिली, शैतानों-सी छूट ।
खेल-खिलौने छीनकर, बचपन लेता लूट ॥

किलकारी को लूटता, उसका हो संहार ।
ईश्वर ऐसों को मिले, अंत नरक का द्वार ॥

बचपन गुड़िया खेलता, बना घरौंदे पास ।
परिजन ने ही लूट कर, तोड़ी भोली आस ॥

किलकारी अब चीख़ है, किसने सुनी पुकार ।
झूले का बचपन गया, मानव करे शिकार ॥

रिश्तों में कैसी उगी, काँटो वाली घास ।
घर के अपने लूटते, बचपन का अहसास ॥

छोटे-छोटे हाथ हैं, किलकारी-सी बात ।
मानव कैसे रौंदता, रुनझुन की सौगात ॥

बचपन की किलकारियाँ, निश्छल, निर्मल हास ।
मानव क्यों कर दे रहा, गुड़ियों को संत्रास ॥

बेमौसम क्यों काटता, ख़ड़ी फ़सल का भाग ।
मानव तेरे भाग्य में, मृत्युदण्ड की आग ॥

परियों वाला बचपना, छीन रहा शैतान ।
आदम से मानव बना, मानव से हैवान ॥

भोर

धूप सरीखे सपन ले, मन में उतरी भोर ।
आशाएँ निखरी लगीं, है उजास हर छोर ॥

अभिरंजित धरती हुई, ज्यों ही उतरी भोर ।
किरण-किरण खुल कर हँसी, ज्योतिर्मय हर छोर ॥

लिये धूप को गोद में, उतर रही है भोर ।
धरती का अंतर खिला, ममता ले हिलकोर ॥

नीले नभ से झाँकती, सोने जैसी भोर ।
दूध धुले बादल लगें, हरित धरा हर ओर ॥

उचक-उचक रवि देखता, अम्बर का हर छोर ।
कहाँ छिपी रजनी अरे ! जब से उतरी भोर ॥

धरती से सूरज कहे, होकर भाव-विभोर ।
हम दोनों की प्रीत का, कोई ओर न छोर ॥

मन का अँधियारा मिटा, है उजास हर ओर ।
सतरंगी किरणें लिए, उतरी नभ से भोर ॥

लहटी छनकाती दिखी, भोर सुनहरी आज ।
कंगन बँधवाता अरुण, भेद खोलती लाज ॥

अरुणिम अवगुंठन किए, रवि सम्मुख है भोर ।
नैनों की अठखेलियाँ, करें उजास अछोर ॥

फुलरा लेकर हाथ में, उतरी सुखद सुभोर ।
धरती हर्षित हो उठी, सुन विहगों का शोर ॥

सूरज नभ से झाँकता, देख रहा हर छोर ।
जल अर्पण करती धरा, हाथ जोड़ चहुँ ओर ॥

अरुणिम चूनर ओढ़ पौ, उतरी भू पर आज ।
हरियाली के सिर धरा, मृदु किरणों का ताज ॥

धरती अभिवंदन करे, लहर-लहर संगीत ।
अरुणाभा बिखरी हुई, हर दिशि छाई प्रीत ॥

शिशु जैसी कोमल लगे, अम्बर-बिखरी भोर ।
अग-जग अभिनंदन करे, विहग मचाते शोर ॥

रवि-रथ पर शोभित हुई, किरणों संग सुभोर ।
ताल-ताल हँसते कमल, सूरजमुखी विभोर ॥

दस्तक दी ज्यों अरुण ने, ऊषा आई द्वार ।
अक्षत रोली से किया, आगत का सत्कार ॥

आँखों में काजल लगा, अधरों पर अनुराग ।
पिया-मिलन को चल पड़ी, निशा रात भर जाग ॥

भर-भर किरण उलीचतीं, रक्तोत्पल-सी भोर ।
धरा निहोरा कर रही, उद्‌भासित हर छोर ॥

गिरी शिखरों पर उतरतीं, किरणें लोकातीत ।
भोर सुनहरी बिछ गयी, लहर-लहर संगीत ॥

सुनकर मंगल ध्वनि चली, स्वर्णकलश ले भोर ।
अम्बर उल्लासित हुआ, घट-घट हुआ विभोर ॥

धरती अभिवंदन करे, गाए स्वागत गीत ।
सूरज के आते हुआ, तमस सभीत अतीत ॥

भोर हुई पाखी उड़े, जग में हुआ उजास ।
दोनों हाथ उलीचती, धरती रसोल्लास ।।

किरणों से मुँह ढाँप कर, देख रही है भोर ।
किस-किस मन में नाचता, मुझे देख कर मोर ।।

लहरों पर कुछ और ही, दिखती रक्तिम भोर ।
नील वर्ण स्वर्णिम हुआ, स्पंदन चहुँ ओर ।।

भोर टहलने आ गई, लिए पवन को साथ ।
नीला अंबर देखता, रख ठोड़ी पर हाथ ।।

नदिया को दर्पण समझ, झाँक देखती भोर ।
मेरे जैसा कौन हैं, जिसका रूप अछोर ।।

हर दिन देखूँ भोर को, झुक-झुक करूँ प्रणाम ।
ध्यान-मनन प्रभु का रहे, जब तक आए शाम ।।

भोर सदा कहती यही, सबसे रखना मेल ।
तीन पहर की साँस है, तीन पहर का खेल ।।

शीत ऋतु

खटिया पर बैठी हुई, सोच रही है धूप ।
दूर भले छाया लगे, है मेरे अनुरूप ॥

घाट किनारे बैठ कर, धूप धो रही पाँव ।
बरगद की छाया लगे, ज्यों बाबुल का गाँव ॥

धूप बाँटती फिर रही, सूर्यकिरण अवदात ।
हरियाली खिल खिल उठी, सूर्यमुखी अभिजात ॥

पर्वत के उस पार से, झाँक देखती धूप ।
झिलमिल लहरों पर भला, कैसा दिखता रूप ॥

सर्द हवाएँ चल रहीं, कुहरा हुआ शरीर ।
सूरज भी धुँधला गया, शीत बढ़ाती पीर ॥

कभी खटोले पर चढ़ी, कभी सहन के पार ।
जाड़े वाली धूप के, नख़रे हुए हज़ार ॥

फ़सलें थर-थर काँपती, शीत लहर हर ओर ।
कुहरे से तन को ढके, उतर रही है भोर ॥

जाड़े ने मुझसे कहा, अंतर रखना ताप ।
मैं सीमित हूं देह तक, अंतर्मन प्रभु 'आप' ।।

शीत लहर ऐसी चली, बंद हो गए द्वार ।
गरम रज़ाई ओढ़ कर, स्वप्न हुए अय्यार ।।

बचपन वाली शीत ऋतु, अब देती है घाव ।
कहाँ रहीं वे फुरसतें, कहाँ रहे वे भाव ।।

छोटे दिन लंबी निशा, और अंगीठी साथ ।
गर्म दूध, मीठी मेवा, परियाँ पकड़ें हाथ ।।

जाड़े में लिपटी हुई, बचपन तेरी याद ।
ऋतु बदली, बदला नहीं, यादों से संवाद ।।

धूप पहन कर नौनगा, उतरी बरगद पास ।
जाड़ा तापे हाथ को, लेकर कोई प्यास ।

शीतलहर ऐसी चली, चूल्हे चढ़ा रसौर ।
सरसों, मक्का, बाजरा, इस ऋतु में सिरमौर ।।

धीरे-धीरे उतरती, जाड़े की यह धूप ।
पल भर में ही खिल उठा, वसुन्धरा का रूप ।।

जाड़े में लगता भला, कैसा मेरा रूप ।
वन-प्रान्तर से पूछती, घूम रही है धूप ।।

मैं जाड़े की धूप हूँ, तुम गर्मी की शाम ।
इसी विरोधाभास का, जीवन है शुभ नाम ।।

उपवन से मिल कर खिली, नभ से उतरी धूप ।
क्या जाने कैसा बने, प्रीत मिलन प्रारूप ।।

सीला-सीला है दिवस, ओस नहाई शाम ।
जाड़े ने जब से दिया, आने का पैग़ाम ।।

शाल ओढ़ कर घूमती, जड़ियाती है रात ।
कुहरे में लिपटी हुई, चंदा की हर बात ।।

कैस-कैसे रूप धर, धूप रही है घूम ।
कभी जलाती देह को, लेती फिर मुख चूम ।।

मक्का की रोटी लिये, औ' बथुए का साग ।
चटकारा ले खा रही, धूप सेकती आग ॥

ऋतुएँ पल-पल भेजतीं, धूप भरे संकेत ।
जाड़े वाली फ़सल के, मतवाले हैं खेत ॥

किशमिश औ' बादाम की, फैल रही है गंध ।
शीत लहर का हो रहा, मेवा से अनुबंध ॥

चिलगोज़े ले घूमती, हवा हो रही शीत ।
किशमिश औ' अखरोट से, रही निभाती प्रीत ॥

गुड़ में लइया पाग कर, देखो खाती शीत ।
मूँगफली औ' बाजरा, गाते ऋतु के गीत ॥

सरसों, मेथी, साथ में, जब से आई हाट ।
गुड़ के पौ बारह हुए, घूमे जैसे लाट ॥

सरसों जैसी धूप है, और चने का साग ।
शीत लहर भी ढूँढती, कहाँ छिपी है आग ॥

गुड़ के संग में घूमती, मूँगफली आज़ाद ।
राजगिरी, लइया, चना, शीत कर रही याद ॥

अभिवर्तित मौसम हुआ, पुरवा लगती शीत ।
वारिद घर वापिस हुए, आया आश्विन मीत ॥

उछल-उछल कर देखती, जल में उतरी धूप ।
चिलगोज़े-बादाम से, निखरा कितना रूप ॥

चिलगोज़े खाती रही, जाड़े वाली धूप ।
सिंघाड़े तक-तक थके, जल में उतरा रूप ॥

किशमिश जैसी लग रही, आँगन बिखरी धूप ।
इसीलिए मीठा लगे, पूरा दिवस अनूप ॥

मूँगफली मुट्ठी भरे, आँगन बैठी धूप ।
छील-छील कर खा रही, स्वस्थ बनाती रूप ॥

सोती रेणु शय्या पर, थकी हुई है धूप ।
बरगद की छाया सघन, लगती उसे अनूप ॥

कुहरा ओढ़े आ गयी, बिन चंदा के रात ।
तारे घर वापिस हुए, जाड़े ने दी मात ॥

कुहरे ने सूना किया, हलचल वाला बाग ।
स्वेटर, मफलर, शाल ले, शीत ढूँढती आग ॥

हौले-हौले टहलती, छत के ऊपर धूप ।
आँगन के गेहूँ कहें, तनिक पछीटो सूप ॥

धूप बड़ी ही नकचढ़ी, दिखलाती है शान ।
कभी मुँडेरे बैठती, कभी बिछी दालान ॥

खाट बिछाकर लेटती, धूप नीम के द्वार ।
मृदुल ताप से कर रही, उपवन का उपचार ॥

तुलसी को है पूजती, करती है सम्मान ।
धूप उतरती सहन में, पाने को वरदान ॥

धूप पसर कर बैठती, बरगद करता छाँव ।
बहुत दिनों के बाद में, बेटी लौटी गाँव ॥

आग ढूँढते आ रहे, गेहूँ, सरसों, धान ।
पाग दिए गुड़ ने सभी, जाड़े के पकवान ॥

कभी बैठती खाट पर, गन्ने लेती चूस ।
धूप बड़ी ही सिरचढ़ी, सब करते महसूस ॥

घाट किनारे बैठकर, धूप धो रही केश ।
घर का ज्यों आँगन मिला, ममतामय परिवेश ॥

बाँकी चितवन धूप की, देखो करे कमाल ।
सूर्यमुखी व्याकुल हुए, मचले सरसिज-ताल ॥

पर्वत पीछे जा छिपी, अरे ! धूप की रेख ।
अम्बर पर बिखरे हुए, काले मेघा देख ॥

धूप मुँडेरे आ गयी, लिखने नये निबंध ।
आँगन हँस बतला रहा, प्रेम भरे अनुबंध ॥

मंडरी बैठी धूप है, ले उजास की रेख ।
आँगन जगमग हो गया, नेहिल सुस्मित देख ॥

छज्जे ऊपर हो खड़ी, बाल सुखाती धूप ।
गेहूँ के मिस देखता, आँगन फटके सूप ॥

जाड़ा जब से आ गया, मूँगफली के गाँव ।
पड़ते नहीं ज़मीन पर, गुड़-खजूर के पाँव ॥

जाड़े की इस धूप का, कैसे करूँ बखान ।
पीछे बसंत आ रहा, लेकर नव परिधान ॥

पहन लखौटी हाथ में, भरे माँग सिन्दूर ।
धूप उतरती धरा पर, यौवन मद में चूर ॥

आग तापती गेह में, जाड़े वाली रात ।
चाय यदि मिल जाए तो, पीले भरी परात ॥

बना बहाने बात के, रात सेकती हाथ ।
जाड़े वाली धूप से, कैसे सम्भव साथ ॥

गुड़ जैसी मीठी लगे, जाड़े में हर बात ।
धूप करे अठखेलियाँ, सूरज को दूँ मात ॥

वसंत

आमंत्रण भू का मिला, हँसने लगा वसंत ।
कलियों के सम्मुख भला, कौन रहा है सन्त ।।

वासन्ती ऋतु आ रही, धरती लगे विशेष ।
बाँस बनों में गूँजते, प्रेमिल राग अशेष ।।

है वसन्त का आगमन, धरती पर है धूम ।
युवा खेत इतरा रहे, वृक्ष रहे हैं झूम ।।

किरणें प्रमुदित हो रहीं, हुई बसंती भोर ।
धरती को नवगति मिली, हुआ प्रमन हर छोर ।।

रसवन्ती ऋतु झाँकती, देख रही है द्वार ।
प्रियतम का होना यहाँ, पीत रंग त्योहार ।।

नव वसंत का मन युवा, है अधीर अक्लान्त ।
देखूँ कलियों का तनिक, मैं रूपक सीमान्त ।।

आँखों में ऋतुराज को, कब तक रखूँ सँभाल ।
प्रियतम परदेसी हुआ, कभी न पूछे हाल ।।

हवा बसंती चुलबुली, करती है दो बात ।
या आलिंगन प्रीत का, या फिर मानो मात ॥

पवन झकोरा वसंती, गाता है लहकौर ।
कली-कली से कह रहा, चल तू मेरे ठौर ॥

सुन रुसाई मौसम की, उपवन हुआ निहाल ।
पुरवा संग है भेजता, पीत वसन भर थाल ॥

ललछौंही-सी भोर है, अँगड़ाई ले रात ।
वासंती पुरवा चली, प्रीत लिए सौगात ॥

हवा वसंती दे रही, जनमन को संदेश ।
पीछे पतझर आ रहा, मत रखना विद्वेष ॥

साँस स्वस्तिवाचन करे, स्वागत है ऋतुराज ।
वासंती रस में पगीं, कलियाँ पहनें ताज ॥

हवा वसंती चुलबुली, मादक, मस्त, हँसोड़ ।
मौसम को छेड़े कहे, चल कर लें गठजोड़ ॥

हवा वसंती चल पड़ी, मौसम हुआ अमीर ।
पीली चुनरी में छिपे, ज्यों अनंग के तीर ॥

बाँस-वनों से गुज़र कर, झूमे राग वसंत ।
वासन्ती ऋतु साथ है, प्रीत हुई जीवन्त ॥

पीत वसन वितरित करे, देखो पौर बसन्त ।
आभूषित उपवन हुआ, बरसा रंग अनन्त ॥

श्वेत वसन माँ शारदा, पीत वसन ऋतुराज ।
माँ का अभिवन्दन करें, पुष्प समर्पित आज ॥

ताल, छंद, नव गति मिले, माँ करना उद्धार ।
वासंती ऋतु चिर रहे, माता मेरे द्वार ॥

वरमाला ले कर चली, पुरवाई ओ! मीत ।
वासन्ती साथी मिला, सकुचाई है प्रीत ॥

लिए प्राप्तिका प्रीत की, झूमे मदिर बयार ।
ऋतुपति ने स्वीकृत किया, पीत वसन उपहार ॥

फागुन

फागुन ले कर आ गया, जब से नेह-गुलाल ।
उपवन के मन से मिटा, पिछला मैल-मलाल ।।

खुशियों का है आगमन, उत्सव चारों ओर ।
वासन्ती ऋतु देखकर, फूल हँसे हर छोर ।।

नेहिल उत्सव-सा लगे, कलियों को हर शोर ।
वासंती अनुभाव से, बूढ़े हुए किशोर ।।

जादू-सा करती हवा, फागुन लाया रंग ।
साथ अबीर गुलाल है, होली मस्त मलंग ।।

फागुन पी कर आ गया, जाने कैसी भंग ।
गली-गली में नाचता, लेकर ढोल मृदंग ।।

थिरक रहे है ताल में, कमल कमल दे ताल ।
द्वार-द्वार को दे रहा, फागुन रंग गुलाल ।।

ढोलक ले कर नाचता, फागुन गाए गीत ।
प्रेम-रंग में डूब कर, झूम रही है प्रीत ।।

सेमल और पलाश के, हुए गुलाबी गाल ।
जब से फागुन आ गया, लेकर लाल गुलाल ॥

अम्बर सतरंगी हुआ, धरती दिखती लाल ।
उपवन हरियाला हुआ, फागुन करे कमाल ॥

देखो होली आ गयी, रंग हुए कव्वाल ।
टेसू के घर बैठकर, गाने लगे ख़याल ॥

कलावंत फागुन हुआ, गाए ध्रुपद ख़याल ।
वृंत मोद में झूमते, ताल दे रहे ताल ॥

ध्रुवपदिए गाने लगे, उड़ा अबीर-गुलाल ।
फागुन के रस में पगीं, ऋतुएँ करें धमाल ॥

ठुमरी, टप्पा गा रहे, मन हिल-मिल कर आज ।
ख़ुशियाँ नाचें झूमकर, छोड़-छाड़ कर लाज ॥

फागुन ने ऐसी रंगी, विरही मन की पीर ।
मुझको लाल गुलाल कर, तुझको किया अबीर ॥

फागुन की आहट सुनी, भूली सभी मलाल ।
हँस-हँस पछुआ का हुआ, आज हाल बेहाल ॥

वन-उपवन को भेजती, अमराई संदेश ।
नव बौरों को देखने, आना मेरे देश ॥

फागुन कहता देख कर, प्रेमिल रंग अबीर ।
तेरे सँग मैं हूँ धनी, तेरे बिना फ़कीर ॥

ध्रुवपदिया मौसम हुआ, आँखें फेंकें जाल ।
फागुन ने क्या कह दिया, कलियाँ हुई निहाल ॥

फागुन आता देख कर, ताल हुए बेहाल ।
दरपन छवि दिखला रहे, उपवन हुए कमाल ॥

फागुन की पाती लिये, आया मदिर गुलाल ।
उपवन में हलचल मची, हुई कोंपलें लाल ॥

क्या जाने क्यों बोलता, उल्टें सीधे बोल ।
फागुन बौराया फिरे, सुन रंगों का मोल ॥

दहके हुए पलाश हैं, सेमल फेंके रंग ।
भाँग चढ़ा आया वसंत, ऋतुएँ चाहें संग ।।

बौर झूम कर देखता, ऋतुओं का संकेत ।
पुरवइया के साथ में, करे निरीक्षण खेत ।।

केसर, टेसू झूमते, नाचे चना, मसूर ।
उपवन उत्सव में मगन, आम्र-बौर भरपूर ।।

धरा हुई अभिसारिका, आया फागुन मीत ।
जन्म-जन्म की साधना, रंग लाई है प्रीत ।।

फगुनौटी पुरवा चली, अलसाती कचनार ।
आम्र-मंजरी झूमती, ऋतु गाए मल्हार ।।

फागुन की बातें सुनूँ, या साजन की बात ।
दोनों मिलकर निरखते, मेरा कोमल गात ।।

फागुन ले कर आ गया, लो गुलाल सौगात ।
टेसू ने रँगपाशि में, दी रंगीन परात ।।

सतरंगी पिचकारियाँ, लेकर उतरी भोर ।
धरती ने स्वागत किया, रंग सुमिल हर ओर ॥

धरती पर उत्सव हुआ, फागुन आया द्वार ।
अलसी, चना, मसूर की, फसल खड़ी तैयार ॥

उपवन की धड़कन बढ़ी, फागुन हुआ शरीर ।
कली कली को चूमता, हाथों लिए अबीर ॥

रंग झूमते आ रहे, उपवन हुआ अधीर ।
कलियों को मोहित किया, जादू करे अबीर ॥

धरती चूनर ओढ़ती, प्रियतम आए पास ।
फागुन में खिल खिल उठा, हो अनंग वातास ॥

फागुन जाता देखकर, चैत्र हुआ हतधीर ।
ग्रीष्म ऋतु तड़पायेगी, देगी तन को चीर ॥

ग्रीष्म ऋतु ले आ रही, आड़ू, लीची, आम ।
रसमय पुरवइया हुई, अमराई है धाम ॥

अमराई में शोर है, फूट रहा है बौर ।
ताल-तलैया झूमते, फागुन है हर ठौर ॥

गेहूँ बोला धान से, आना मेरे गाँव ।
पकी फ़सल तैयार है, नूपुर बाँधे पाँव ।

आँखें भेजे आँख को, प्रेमिल रंग अबीर ।
मृदु उर में प्रियतम बसे, चाहे देखो चीर ॥

बौर-बौर है झूमता, नाच रहे हैं मोर ।
कुसुमित, सुरभित, उल्लसित, पुरवाई हर ओर ॥

लीलाधर नीले हुये, राधा केसर अंग ।
फागुन ने लौटा दिये, सबको सबके रंग ॥

टेसू में घुल कर हुई, पीड़ा जैसे क्षीर ।
फागुन ने ऐसा रंगा, पावन हुआ शरीर ॥

रँगपाशी करने चलीं, ऋतुएँ घर से आज ।
अंतर में फागुन बसा, रखी किनारे लाज ॥

फागुन कहता देखकर, ऋतु की टेढ़ी चाल ।
रँग दूँगा ऐसा तुझे, याद करे हर साल ।।

फागुन जब से आ गया, लेकर हाथ गुलाल ।
ओढ़ चुनरिया सतरँगी, धरती लगे कमाल ।।

देखो टेसू ले रहा, वन-उपवन से होड़ ।
पुरवाई को चूमता, मर्यादाएँ छोड़ ।।

फागुन का संदेश है, लेना तन मन जीत ।
रंगो के भीतर बसे, प्रेम पगे मृदु गीत ।।

फागुन ने आकर कही, उपवन से यह बात ।
मेरे सम्मुख एक है रूप, रंग औ' जात ।।

फागुन के आते किया, रंगों ने सत्संग ।
मैले 'मैं' को धो दिया, हुआ सफल हुड़दंग ।।

क्या जाने फिर कब मिले, तुमको मेरा संग ।
फागुन ने हँस कर कहा, लेना तन-मन रंग ।।

बिन मौसम बरसात

फसलों का घर भीगता, बिन मौसम बरसात ।
व्यर्थ परिश्रम हो गया, सपने खाते मात ॥

नभ पर बादल घूमते, नहीं किसी को चाह ।
फसलें खड़ी विरोध में, रोक रही हैं राह ॥

सीलन-सीलन दिन हुए, आँसू भीगी रात ।
खेत खड़े ज्यों सूम हों, बादल करते घात ॥

आँधी, पछुआ, धूल ने, ली अमराई लूट ।
खेतों में जल भर रहा, आशा बिखरी टूट ॥

ना कोई संदेश है, ना ही राम जुहार ।
बिना बुलाए किस लिए, बादल आए द्वार ॥

मौन सभी पर्वत खड़े, उपवन हुए निराश ।
मेघों के संग बह गया, फ़सलों का उल्लास ॥

कहीं घटाएँ घिर रहीं, कहीं तेज़ तूफ़ान ।
खेतों को डरपा रहा, बादल बन शैतान ॥

वाताहत ने कर दिया, उपवन को बेहाल ।
चंपक, शिरीष, मोगरा, बेघर हुये अकाल ॥

कभी लगाता आग है, कभी सुनाए राग ।
दिशा भ्रमित मौसम हुआ, क्या लेगा बैराग ॥

खेत नहाए अश्रु में, खड़ी फ़सल बरबाद ।
जीने - मरने में यहाँ, यह कैसा संवाद ॥

आँसू के सैलाब में, बहे जा रहे खेत ।
खड़ी फसल के हो गये, सपने सारे रेत ॥

खेतों - खेतों घूमकर, ऋतुएँ करें गुहार ।
न्योता तो भेजा नहीं, घन क्यों आए द्वार ॥

ना कोई इसरार है, ना कोई इक़रार ।
कैसे उतरे फसल घर, बादल हैं सरशार ॥

अमराई वीरान है, गेहूँ, चना उदास ।
बिना निमंत्रण पत्र के, बादल आए पास ॥

सावन

ज़रदोज़ी का घाघरा, बूँदों लिपटे बाल ।
बरखा रानी आ रही, हर्षित पोखर ताल ॥

पायल पहने पाँव में, झूला झूले प्रीत ।
बरखा का स्वागत करें, सखियाँ गाएँ गीत ॥

सावन के सँग आ रहे, नैहर के त्योहार ।
झूला, गुड़िया, मेंहदी, बचपन के उपहार ॥

सावन आते देखकर, फैल गई मुस्कान ।
प्यास किनारे जा लगी, तृप्त हो गये प्राण ॥

बाबुल का न्योता मिला, अनुप्राणित है रीत ।
बरखा पीहर चल पड़ी, हुलस रही है प्रीत ॥

बादल की छवि देखकर, धरती हुई विभोर ।
सूख रही थी देह जो, हरियायी चहुँ ओर ॥

सावन की पाती लिये, आई मस्त बयार ।
हरियाली के घर शुरू, पीहर के त्योहार ॥

हरियाली लेकर चली, पुलकित द्रुम-दल गात ।
द्वारचार करती धरा, मुस्काते दिन-रात ।।

ऋतुओं का मन मोहने, मौसम है तैयार ।
सावन को बुलवा लिया, उपवन के घर यार ।।

छाता लेकर घूमती, वर्षा रानी आज ।
छप-छप करती बूँद ज्यों, बजा रही इसराज ।।

बीते दिन आषाढ़ के, सावन आया द्वार ।
पीछे भादों आ रहा, ले कितने त्योहार ।।

खड़े-खड़े बरसात में, सील रही है धूप ।
कहाँ गया मेरा अरे ! जेठ मास का रूप ।।

आम्र कुँज में महकता, नया नया मृदु बौर ।
धरती रानी माँ हुई, नवल पात सिरमौर ।।

अंकुर भर कर अंजुरी, लाया पवन सँभाल ।
धरती उर्वर हो रही, चर्चा हर चौपाल ।।

सावन आता देख कर, घर लौटा आषाढ़ ।
नदिया, पोखर, ताल में, वो लाएगा बाढ़ ॥

पाखंडी सावन हुआ, मादक, चपल बयार ।
कलियाँ फिर भी कर रहीं, उपवन से मनुहार ॥

आषाढ़ी बादल चले, ले अंतर हिलकोर ।
अभिनंदन करती धरा, मंगल गाएँ मोर ॥

बाग़-बाग़ मन हो गया, बादल आए द्वार ।
हरियाली मुग्धा हुई, करने चली शृंगार ॥

झूम रही हैं डालियाँ, चितवन-चितवन मोर ।
नए रंग में ढल गए, बादल प्रेम-विभोर ॥

संकेतों में चल रही, हरियाली से बात ।
बादल ने मन हार कर, दी प्रेमिल सौगात ॥

रक्तोत्पल जैसी हुई, हरियाली की देह ।
सावन ने उलीच दिया, बूँदों में भर नेह ॥

बादल क्यों हड़ताल पर, धरती करे सवाल ।
घूसखोर अंधड़ चला, करने को पड़ताल ॥

सरपट दौड़े जा रहे, काले मेघा देख ।
धूप सिकुड़ कर रह गयी, जैसे पतली रेख ॥

ढोलक लेकर नाचती, वर्षा रानी आज ।
बादल का प्रेमिल हुआ, बिगड़ा हुआ मिजाज़ ॥

पूरणमासी में उगा, चंदा करे गुहार ।
धरती का कैसे करूँ, मेघ संग दीदार ॥

बारहमासी लिख रहा, बादल गाये राग ।
वर्षा से मिलना हुआ, गहन हुआ अनुराग ॥

सावन की दस्तक हुई, वर्षा आई द्वार ।
धरती ने रुच-रुच किया, अब अपना श्रृंगार ॥

सावन को भरमा रही, नाच रही है बूँद ।
अम्बर सब कुछ देखता, आँखें लेता मूँद ॥

आँखों में काजल लगा, पहने हीरक हार ।
बादल का मुख चूमती, बिजली बारम्बार ॥

शहदीली रातें हुईं, दिन आमों के बौर ।
सावन का जादू चला, हरियाली का दौर ॥

छत पर मन बहला रहे, देखो बादल राज ।
इधर उधर छिपती फिरे, धूप हुई बेताज ॥

चौमासे में धुल गये, अंतर के अवसाद ।
अधरों पर खिलने लगे, प्रियतम के संवाद ॥

बादल के आते उठी, छत पर लेटी धूप ।
बूँदों में लिपटा लगे, मधुशाला-सा रूप ॥

कब से घर में बंद है, धूप हुई बीमार ।
खटिया पर लेटी हुई, देखे बादल द्वार ॥

बूँद-बूँद से कर रही, हरियाली श्रृंगार ।
उपवन ने बढ़कर किया, सावन का सत्कार ॥

प्रतिस्वर सावन का सुना, धरती हुई निहाल ।
होगा क्या अब की बरस, इन फ़सलों का हाल ।।

छजली पर बैठी हुई, कोयल रही पुकार ।
भादों के घर लग रहा, मेघों का दरबार ।।

उपवन का न्योता मिला, सावन हुआ निहाल ।
बादल को ले चल पड़ा, बूँदों से भर थाल ।।

नभ पर बादल देखकर, मन में उमगी प्यास ।
प्रियतम पीछे आ रहे, पूरी होगी आस ।।

भादों को सौंपा गगन, सावन हुआ विदेह ।
सरवर, पोखर, कूप का, आप्लावित है गेह ।।

धरती-सावन में चपल, चलता है लहकौर ।
जीत-हार के खेल में, किसने पायी ठौर ।।

प्रीत सावनी हो गयी, प्रियतम जैसे राग ।
जाने कैसे गा रहे, फाग लगाए आग ।।

प्रीति-भोज करता रहा, उतर धरा पर मेह ।
अनुरंजित हो गा रहीं, कलियाँ भीगी देह ॥

चौमसिया इस काल में, मन कब पाए चैन ।
इधर बुलाए मायका, उधर पिया के नैन ॥

चौमासी गाती रही, बूँदें गूँथें हार ।
प्रियतम सावन आ रहा, कलियाँ हैं तैयार ॥

काली बदरी छा गई, ले बूँदों का हार ।
चौमासे का धरा पर, खूब हुआ सत्कार ॥

कोंछा भर कर ले चली, हवा हल्दिया भात ।
पीहर से वापिस हुई, ले ममता-सौगात ॥

मन की छत से टपकती, बूँद हुई आसंग ।
देह वही सूखी रही, मिला नहीं प्रिय-संग ॥

सावन के सँग से हुआ, जब से मेरा नेह ।
मन हर दम भीगा रहे, बूँद हो गई देह ॥

सावन से भादों तलक, धरती लगे कमाल ।
नदिया रहे उफ़ान पर, झूमें पोखर ताल ।।

डंडवारे पर बैठकर, कौवा करे पुकार ।
सावन ले कर आ रहा, बाबुल घर उपहार ।।

सावन के आते हुई, दसों दिशाएँ मोर ।
विविध रंग के दीखते, बादल-दल के छोर ।।

धरती नाचे झूमकर, मेघ गगन में देख ।
बंधन अब कोई नहीं, रही न लक्ष्मण-रेख ।।

मोर-पपीहे देखते, धरती का श्रृंगार ।
जल बरसे तो राग है, जल बिन अगन अपार ।।

झूले पर बैठी हुई, प्रीत गा रही गीत ।
सावन जैसा हो गया, है मेरा मन-मीत ।।

ज्यों उफ़ान पर है नदी, सागर रहे प्रशांत ।
फिर भी इनके मिलन का, अमर प्रेम-सीमान्त ।।

सावन संवेदक हुआ, लिखता शोध-प्रबन्ध ।
हरितिमा का उपवन से, कैसा है अनुबन्ध ।।

करे निहोरा वसुन्धरा, मन भर हुई निहाल ।
मेघराज ने भर दिए, सागर, पोखर, ताल ।।

ऋतु बजाती है टमकी, बादल आता देख ।
इन्द्रधनुष तैयार है, ले सतरंगी रेख ।।

पर्वत-पर्वत घूमती, हवा सुनाती बात ।
वर्षा-वर ले आ रहा, रस भीगी सौगात ।।

हरियाली सँग घूमती, वर्षा रानी आज ।
बादल का संदेश पढ़, हुई रसीली लाज ।।

हरियाली को देखकर, पवन हुआ वाचाल ।
संकेतो में पूछता और, कहो क्या हाल ।।

ताल-ताल नाचें कमल, दें तरंग मृदु ताल ।
हरियाली को देख कर, पुरवा करे धमाल ।।

नदिया

उद्वेलित, उर्मिल नदी, सागर करे पुकार ।
मेरे उर में आ बसो, खुले हुए हैं द्वार ॥

तटबन्धों को तोड़ती, नदी हुई उद्दाम ।
अवरोधों को पार कर, पहुँचूँ प्रियतम-धाम ॥

परिप्लावित होकर नदी, चली उदधि की ओर ।
प्रियतम जैसी हो रहूँ, हो निमग्न हर छोर ॥

नदिया मद्यप-सी लगे, तोड़ रही तटबन्ध ।
विचलित सागर भी हुआ, याद करे अनुबन्ध ॥

घाट-घाट में घूम कर, करके चारों धाम ।
सागर-तट से जा लगी, नदिया हो निष्काम ॥

कितने शैल विशाल हों, कितने भी हों मोड़ ।
सागर मेरी प्रीति है, मैं ही प्रिय का जोड़ ॥

सागर में विलयित हुई, अति रूपा जलधार ।
प्रत्याभास हुआ क्षण में, प्रियतम करते पार ॥

देह समर्पण से हुआ, नदिया का इतिहास ।
सागर मिल सागर हुई, प्यास रही न प्यास ॥

मनुहारें करता रहा, घाट बिछाए जाल ।
नदिया ने हँस कर कहा, जाना है ससुराल ॥

स्वर्ण-किरण ओढ़े नदी, लौटी है ससुराल ।
पर्वत औचक देखता, सागर हुआ गुलाल ॥

गिरि शिखरों से उतरतीं, किरणें लोकातीत ।
भोर सुनहरी बिछ गई, लहर-लहर संगीत ॥

पथरीली राहें विषम, नदिया पर अक्लांत ।
थक कर कब मिलता उसे, सागर उर विश्रान्त ॥

हिम-आच्छादित गिरि धवल, नदिया हुई निस्तार ।
जीवन भर बहती रही, पहुँची सागर-द्वार ॥

यथावस्थित बादल हुआ, पर्वत लिखे निबंध ।
सागर से मिलकर नदिया, बहती नित निर्बंध ॥

बिना नहाए चल पड़ी, नदिया सागर-द्वार ।
प्रियतम ही शृंगार हैं, वह हैं चंदन-हार ॥

घाट रोकता रह गया, कर कर के मनुहार ।
पर नदिया के मन बसा, है सागर का द्वार ॥

घाट कहाँ तक रोकता, प्रवहमान अविराम ।
नदिया अनथक चल रही, पाने सागर धाम ॥

रूपमान नदिया लगे, पर्वत लगे अनूप ।
धरती प्रमुदित हो रही, घाटी उतरी धूप ॥

ठिठक गये हैं मेघ भी, देख़ नदी की चाल ।
बिना थके चलती रही, तोड़े शैल विशाल ॥

सूख़ी नदिया सोचती, प्रियतम पारापार ।
सप्तपदी कर सार्थक, हो जाऊँगी पार ॥

नदिया, पोख़र, बावड़ी, झील, कूप, तालाब ।
बिन पानी के मर रहे, कब तक रक्ख़ें ताब ॥

पर्यावरण

दूषण से दम घुट रहा, आँखों में है नीर ।
बियाबान उपवन हुए, कौन सुनेगा पीर ।।

बंजारा मौसम हुआ, ऋतुएँ करती सोग ।
वन - उपवन को डस रहे, नाग-दंश से रोग ।।

बौराई फिरती हवा, नदिया सूखी धार ।
मौसम का करने लगा, मानव यों संहार ।।

नदी सूखती जा रही, पर्वत हुए उदास ।
हरियाली को दे रहा, मानव नित संत्रास ।।

ज़हरबाद ऋतु को हुआ, वन-उपवन बीमार ।
ख़बर पूछने जा रही, पछुआ है दमदार ।।

पतझर का घर बस गया, उजड़ा सदा बहार ।
पुरवा पछुआ हो गयी, ज़हर हुई जलधार ।।

रँगदारी करता रहा, पतझर पहने ताज ।
मधुबन मरुथल हो रहा, आँधी करती राज ।।

जाते बादल देखकर, ऋतुएँ हुई उदास ।
मन मसोस कर रह गईं, प्यास रह गई प्यास ॥

रसाभास केवल रहा, उपवन हुआ निराश ।
शापित हरियाली हुई, व्यर्थ रहे अनुप्रास ॥

मौसम की पद चाप सुन, हवा हुई बेहाल ।
सुध-बुध को भूले हुए, गई पूछने हाल ॥

जंगल सूना हो गया, गौरैया बेचैन ।
घर, आँगन सब छूटता, छूटी सुख की रैन ॥

झरने, नदिया, ताल में, बसा हुआ संगीत ।
समय बहुत थोड़ा रहा, इन्हें बचा लो मीत ॥

तबला, ढोलक, बाँसुरी, कैसे गूँजे यार ।
जंगल कटते जा रहें, पेड़ रहे दो चार ॥

जंगल में दिखते कहाँ, देवदार औ' चीड़ ।
पंछी बेघर हो गये, कहाँ बनाएँ नीड़ ॥

धूप, नदी, बादल, हवा, पर्वत, झरना, मीत ।
मानव खंख्र बना रहा, नैसर्गिक संगीत ॥

अवमानित जंगल हुआ, अवसादी मधुमास ।
जान बूझ कर क्यों करे, मानव घोर विनाश ॥

मौसम के हर रूप में, होता यह संदेश ।
परिष्करण हित आ गया, अभिरक्षक परिवेश ॥

परितर्कण मौसम करे, पूछे कई सवाल ।
मानव ने कैसे किया, जंगल को बदहाल ॥

तप्त हवाएँ घूमतीं, दिशा-दिशा संताप ।
हरियाली को नोचता, मानव बनकर शाप ॥

वन-उपवन को लूटता, घर में भरता माल ।
मानव की करतूत से, सूखे, सरवर, ताल ॥

सहमे रूपांकक सभी, पतझर है रँगदार ।
वन-उपवन के शोध का, अन्वीक्षक बीमार ॥

रूपायित पीड़ा हुई, आँसू का सिंगार ।
प्रेमग्रन्थ में क्या लिखे, मौसम करे विचार ।।

रूपांकक कोई नहीं, मरणासन्न वसंत ।
पतझर कहता देख लो, रसोल्लास का अंत ।।

वर्चस्वी मौसम हुआ, बात बनाये खूब ।
कांटों में गुलाब उगा, सुरभित, कुसुमित दूब ।।

रोक सको तो रोक लो, वन-उपवन पर वार ।
वरना होगा एक दिन, हम सबका संहार ।।

जल, वारिद, सरिता, कुएँ, पोखर, सरसी, ताल ।
इनमें है जीवन बसा, बिगड़ें तो ये काल ।।

उपवन निर्जन-सा लगे, जंगल है मनहूस ।
बिन बादल सावन रहे, शीत बिना है पूस ।।

हरियाली बिन कब मने, धरती पर त्योहार ।
पर्यावरण बचाव को, हो मानव तैयार ।।

धरती की छाती फटी, नदिया जैसे सूम ।
हरियाली कुंठित हुई, कैसे नाचे झूम ॥

वृक्ष-लता, जोगी लगें, पर्वत लें संन्यास ।
बादल प्यासे घूमते, धरती हुई उदास ॥

अवसादों के ढेर में, उपवन को है आस ।
पतझर पीछे आ रहा, शायद मृदु मधुमास ॥

दुराचार इतना बढ़ा, धरती हुई हताश ।
पतझर सेवा कर रहा, रुग्ण हुआ मधुमास ॥

मानव ने क्यों कर किया, उपवन खरपतवार ।
हरियाली करने लगी, पल-पल हाहाकार ॥

हरियाली रूठी हुई, नदिया होती रेत ।
मानव तूने क्या किया, खेत लगे ज्यों प्रेत ॥

बिन सोचे हत कर रहा, मानव द्रुम संसार ।
दुर्दिन-आशंका करे, उपवन को बीमार ॥

नैसर्गिक सुषमा

अँगड़ाई लेकर उठा, अमराई का बौर ।
पुष्पित होने के लिए, बस थोड़े दिन और ।।

बात न पूरी हो सकी, रही अधूरी प्यास ।
वापिस फिर लौटा नहीं, रूठ गया मधुमास ।।

कब निषेध को मानता, भँवरे का अनुरोध ।
मन से मन जब मिल गया, दूर सभी अवरोध ।।

कोने-कोने घूमती, उजियारे की रेख ।
अँधियारा कहने लगा, मुझे हटा के देख ।।

पश्चिम के द्वारे खड़ी, सोच रही है रात ।
पूनम के मिस चाँद से, खूब करूँगी बात ।।

चंदा को बतला रही, रजनी मन की बात ।
ग्रहण जभी तुमको लगा, मुझे मिला आघात ।।

ऋतु वसंत के साथ ही, खड़ा हुआ पतझार ।
जहाँ फूल काँटें वहाँ, कर लो यह स्वीकार ।।

बाहों-बाँधे बहुटनी, डाले चंदन-हार ।
बादल के घर जा रही, बिजली कर सिंगार ।।

बरजोरी बादल करे, पुरवइया के संग ।
विस्मित अम्बर देखता, नूतन प्रेम-प्रसंग ।।

कभी लाल नीला दिखे, कभी श्वेत आभास ।
रंग महोत्सव में हुआ, रोमांचित आकाश ।।

वारिद घर वापिस हुए, बदली ऋतु की चाल ।
सर्द हवाएँ चल पड़ीं, ओढ़ कीमती शाल ।।

अपवादक पुरवा लगे, रहती अंधड़ संग ।
पर्वत-पर्वत घूमती, होती नदिया तंग ।।

चौपत्ती बड़ सँग खिले, जाती पुरवा जीत ।
उपवन खूब निभा रहा, दादा वाली रीत ।।

निशा गयी उतरा दिवस, नूतन ऋतु परिवेश ।
लौट रहा घर को शिशिर, मधुमय दे संदेश ।।

शायद प्रिय संदेश है, लाई हवा टपाल ।
अंतस में धड़कन हुई, अधरों गूँजे ताल ॥

पनबट्टा लेकर उतरी, सँध्या लालम-लाल ।
रातों का राजा खड़ा, लेकर स्वागत-थाल ॥

धरती ने परछन किया, सूरज आया द्वार ।
परिकीर्तन नदिया करे, किरण करें श्रृंगार ॥

परिभूषित नदिया लगे, लहर-लहर संगीत ।
मोहित अर्णव के नयन, स्नेहाकुल है प्रीत ॥

पवन डाकिया डालता, प्रेम पत्र उपहार ।
स्यात प्रिय आते होंगे, साँस-साँस झनकार ॥

प्राण बाँसुरी हो गये, आँखें हुई चकोर ।
अधरों धर कर चाँदनी, निशा चली किस ओर ॥

कजलौटा ले हाथ में, घूम रही है रात ।
नज़र उतारे चाँद की, दे काजल-सौगात ॥

आराधन-दीपक जले, धरा सजाती गेह ।
दिनकर नभ पर उठ रहा, किरण बाँटती नेह ।।

परिगुंठित मुख को किये, घूम रही है रात ।
सूरज के सम्मुख कहाँ, है मेरी औकात ।।

उपसंवाद करे उपवन, पुरवा है मुँहजोर ।
बात नहीं सुनती तनिक, द्रुमदम दे झकझोर ।।

करती सूरज से क्षणिक, धूप हास-परिहास ।
मेरे बिन तू कुछ नहीं, सबको मेरी आस ।।

भेज विवरणी विरह की, आँखें करें विचार ।
प्रेम-पंथ कितना विषम, बिछुड़न ही निस्तार ।।

रहे सदा मन मोहता, मौसम है विख्यात ।
वन-उपवन को भेजता, हरित नेह सौगात ।।

परिदर्शक उपवन हुआ, देता सबको ज्ञान ।
मरुथल के सम्मुख कभी, खोना मत सम्मान ।।

ढीढवंत पछुआ हुई, चलती अपनी चाल ।
वन उपवन झकझोरती, ख़ुद रहती ख़ुशहाल ।।

पीपल, चंदन, नीम, बड़, मौलसिरी, कचनार ।
वन-उपवन प्रमुदित हुयें, मिले वरद उपहार ।।

बेला, शिरीष, केतकी, जवा कुसुम, सारंग ।
उत्फुल्लित उपवन हुआ, पा रसवादी संग ।।

वन-उपवन की नक्काशी, देवदार सागौन ।
महावृक्ष, बरगद, शीशम, जंगल के हैं भौन ।।

आलापक मौसम हुआ, ऋतुएँ जैसे राग ।
बाँस-वनों की सरस ध्वनि, प्रीत रही है पाग ।।

पगी पिया के प्रेम रस, हवा रही है झूल ।
आमंत्रित कर मेघ को, सुध बुध जाती भूल ।।

द्वार-द्वार तोरण हुआ, पुरवा मंत्रोच्चार ।
सूरज का मुख देख कर, धरा बनी अधियार ।।

टकटोहन करती रही, पछुआ कितनी धूर्त ।
पुरवा को कम आँकती, खुद को मादक मूर्त ।।

ओस-अर्ध्य रवि को चढ़ा, गाती मंगल-गान ।
हरसिंगार की सुरभि अरु, सुमनों से सन्मान ।।

परिदर्शक ऋतुएँ हुई, कैसे करूँ बखान ।।
पल-पल में ही बदलतीं, यह अपने परिधान ।।

अपवाचक पुरवा हुई, घूम रही चहुँ ओर ।
रात रात भर चाँद को, ताके मुआ चकोर ।।

पुरवा काँधे बैठकर, चली आ रही गन्ध ।
उपवन से रिश्ते मृदुल, लेती है सौगन्ध ।।

नवल पौध ले हाथ में, बोने चली बयार ।
धरती उपकृत हो रही, माटी रही निहार ।।

पवन-झकोरा आ रहा, देख गगन-मेघान्त ।
बदलूँगा मैं रूप बहु, मेरा कब सीमान्त ।।

प्रेम-मिलन की प्राप्तिका, लिए आ रहे नैन ।
बाहर-बाहर हैं मुदित, भीतर से बेचैन ।।

माटी लहरा गा रही, बादल हुए शिखान्त ।
ऋतु बदली चलने लगी, शीत पवन विश्रांत ।।

सेंदुर से भर माँग को, उतर रही है शाम ।
चंदा के भुजपाश में, पाए पूर्ण विराम ।।

आद्योपांत सुना दिया, मैंने जी का हाल ।
फिर भी मौसम चल रहा, टेढ़ी-मेढ़ी चाल ।।

फगुहारा मौसम हुआ, कजरी चैती प्रीत ।
ऐसे में कैसे कहूँ, क्या मेरे मन मीत ।।

अवसादों के दिन गये, बीती काली रात ।
अंकुर उगते देख्र नव, उतरे पीले पात ।।

क्वार गया चेता गया, कातिक आया देख्र ।
अकड़ गयी सब धूप की, हुई सिकुड़ कर रेख्र ।।

अभिवर्तित मौसम हुआ, बदल रहा है रंग ।
हरियाली के साथ रह, सीखे जीवन ढंग ॥

शुक्ल पक्ष में और ही, लगता नभ का रूप ।
ज्यों तारों की छाँव में, चैत्र मास की धूप ॥

प्रतिनंदन मौसम करे, भोर करे स्वीकार ।
प्रियतम का शुभ आगमन, आधि व्याधि उपचार ॥

न्योछावर मौसम हुआ, देख प्रकृति का प्यार ।
खुशियों ने पग धर दिया, उत्सव के अनुसार ॥

करके लौटी पर्यटन, मादक मधुर बयार ।
अभिनंदन उपवन करे, भँवरें दें उपहार ॥

अंतस्तल के तमस का, दूर हुआ अभिमान ।
किरण देखने चल पड़ी, उजियारा-अभियान ॥

लहालोट अम्बर हुआ, सुन तारों की बात ।
रजनी ले कर आ रही, चंदा-घर बारात ॥

राह देखती थक रहीं, ऋतुएँ हुई अधीर ।
किस आकर्षण में फँसा, यायावरी समीर ।।

डलुआ भर-भर ले चली, रजनी सपने साथ ।
हरसिंगारी गंध है, चूड़ा पहने हाथ ।।

पलक-हिंडोले झूलती, निंदिया देखो आज ।
हल्दी वाले हाथ से, ढाँक रही है लाज ।।

दिन मयूर से नाचते, सँध्या ललित-ललाम ।
रातें महुआ पी रहीं, प्रियतम आए धाम ।।

धरा विमोहित हो रही, देख दृश्य अभिराम ।
देवदार की बाँह में, कसी हल्दिया शाम ।।

ऋतु बदली मौसम चला, गाने नूतन गीत ।
शरद, हेमंत, शिशिर की, जागी सोई प्रीत ।।

उपवन शह देता रहा, पुरवा हुई दबंग ।
फूल-फूल को छेड़ती, भँवरे देखें दंग ।।

बैसाखी लो आ रही, बजे झाँझ औ' ढोल ।
खलिहानों में धूम है, मुखर सुरभि के बोल ।।

ज्यों ही चैत गया दिखा, फ़सल लिए बैसाख ।
गेहूँ देखे झूमकर, आम्र-मंजरी, शाख ।।

चला गया बैसाख लो, तब आया है जेठ ।
लू-घर चौसर खेलता, गँवई-गँवार ठेठ ।।

बादल देखे झाँक कर, क्या धरती का हाल ।
खरबूज़े औ' आम से, घर-घर मालामाल ।।

देख रही है जेठ को, लू होकर चुपचाप ।
आम तले बैठा हुआ, निठुर बढ़ाये ताप ।।

ज्यों ही बैसाखी गयी, ग्रीष्म करे उत्पात ।
छिप-छिप कर खाता फिरे, आम लगाकर घात ।।

विदा हुई ऋतु ताप की, उतरे नभ पर मेह ।
आषाढ़ी साथी मिला, प्रीत हो गयी देह ।।

भात-बरच्छा के लिए, आया है मधुमास ।
ऋतुएँ बन्ना गा रहीं, रसम कर रही आस ।।

हवा पहन कर झाँझरी, घूम रही बिंदास ।
मौसम भी गाने लगा, करे डाँडिया रास ।।

निकल पड़ा मौसम पहन, मफलर, टोपी, कोट ।
शीत लहर की जेब में, किशमिश औ' अखरोट ।।

जूही, बेला, मोगरा, जवाकुसुम, कचनार ।
मौसम के संकेत पर, करते ऋतु-शृंगार ।।

वन-उपवन-पर्वत-नदी, ईश्वर के उपहार ।
पाँच तत्व इनसे रहें, ये ही प्राणाधार ।।

रंग अनंत अशेष हैं, अभिमंडित आकार ।
अनुकल्पन हैं ईश के, मधुऋतु औ' पतझार ।।

हरियाली हर रूप में, लगती है रमणीय ।
स्वर्ग धरा पर देख लो, अनुपम अभिकथनीय ।।

कर सोलह सिंगार निशि, ताक रही है द्वार ।
हथलेवा में चाँद के, जाऊँ तारों पार ॥

करे निहोरा धरा का, लहरें गाए गीत ।
कुमकुम लेकर आ गया, अरुण निभाने प्रीत ॥

कलियों के लच्छन निरख, उपवन है बेचैन ।
नैन मटक्का चल रहा, भँवरों से दिन रैन ॥

दुलड़ा पहने प्रीत का, निशा रही है घूम ।
शायद चंदा रीझ कर, मुखड़े को ले चूम ॥

नीला अम्बर मस्त है, करता है लहकौर ।
देखूँ बदली कब तलक, आती मेरे ठौर ॥

वारिद घर वापिस हुए, धरती ने ली साँस ।
नई धुनों की चाहतें, फिर गाएँगे बाँस ॥

मंजरियों में फगुनहट, बौर-बौर कुछ और ।
मौसम बैठा सोचता, मैं जाऊँ किस ठौर ॥

लहालोट बादल हुआ, सुन बिजली की बात ।
मानव-मन को मोहता, मेरा लहरिल गात ॥

बीजों को निज हाथ में, लाया पवन संभाल ।
धरती उर्वर हो रही, सींच रहे हैं ताल ॥

अरुणिम ललाटिका लगा, ललछौंहा ले रूप ।
रिझा रही संकेत से, उपवन-प्रेमी धूप ॥

रसवन्ती ऋतु वनों को, भेज रही पैगाम ।
गवना करवाने तुरत, प्रियवर आओ धाम ॥

परिक्लांत होता नहीं, अरु न कभी उदास ।
सूरज से हम सीखते, गतिवाहक विश्वास ॥

उबटन, थापा, मेंहदी, घरवा, कन्यादान ।
गौरी पूजन को चली, गोरी गाती गान ॥

झनक-मनक करती रहे, रजनीगंधा प्रीत ।
प्रियतम का चित मोहता, सौरभ का संगीत ॥

अब कहना है निशा से, अपने जी का हाल ।
ताक-झाँक चंदा करे, मन में हुआ निहाल ॥

अंग-अंग ज्यों आभूषण, रतनारे हैं नैन ।
रस छलकाती आ रही, निशा करे बेचैन ॥

कंगन, छागल, करधनी, करते हैं झनकार ।
बन-ठन कर लो आ गया, चाँद निशा के द्वार ॥

भाषण देता दीखता, मौसम हुआ विशेष ।
बारह मास मिले मुझे, कलियों का आदेश ॥

सँझबाती में दीखती, सँध्या लालम-लाल ।
सूरज घर को लौटता, निशिकर करे सँभाल ॥

लिए हथौना हाथ में, स्वागत करती रात ।
धरती औ' आकाश का, मिलन हुआ सौगात ॥

हरसिंगारी रूप धर, किये संजोवा रात ।
मन ही मन मुसका रहा, चाँद कहे क्या बात ॥

फगुहारी पुरवा हुई, मौसम मस्त मलंग ।
नीरज नैना ताल में, थिरकें नाचें संग ॥

मौसम है बहुरूपिया, रोज़ बदलता ठौर ।
पुरवा ढिंग कुछ और है, पछुआ के कुछ और ॥

बारह मास छह ऋतुएँ, और तीज त्योहार ।
मौसम के हर रूप का, अलग अलग श्रृंगार ॥

मफ़लर बाँधे घूमता, मौसम जाड़े संग ।
हर ऋतु का सौन्दर्य है, हर ऋतु का नव रंग ॥

फूली सरसों देख कर, पवन हुआ वाचाल ।
मनुहारों को मान लो, अब मत देना टाल ॥

पुरवाई के रूप से, उपवन हुआ निहाल ।
तितली, भँवरे, फूल हैं, सुख से मालामाल ॥

आँखों का जब से हुआ, आँखों से सम्बन्ध ।
मन-प्राणों से दूर है, जग का हर प्रतिबन्ध ॥

धवल शिखर से झाँकता, नीला नभ अविराम ।
द्रुम-दल हैं हरिताभ-से, भू लाली अभिराम ॥

नीले नभ को देखकर, सुन निसर्ग का गीत ।
रोमांचित पर्वत हुआ, शोभान्वित है प्रीत ॥

ऋतुएँ गाएँ भैरवी, करें दिशाएँ प्रीत ।
प्रेमिल-ऋतु ही चिर रहे, साथ रहें मन-मीत ॥

गजरे लेकर हाट में, बैठी निशा सुजान ।
आमंत्रण पा चंद्रमा, करे प्रेम-प्रतिदान ॥

हरित सरित में झाँकता, इन्द्रधनुष अभिराम ।
किसने बाँधा धूप को, भेज जलद के धाम ॥

अछरौटी में प्रीत की, मुझे मिला संज्ञान ।
मिलन-विरह से चिर रहे, प्रेम-ग्रंथ का मान ॥

हरसिंगारी गंध है, मादक मृदुल बयार ।
चंदा को लेकर गई, रजनी सागर पार ॥

समय

तोल-तोल कर दे रहा, भाग्य सभी का मोल ।
कुछ ही बस अनमोल हैं, बाकी ख़ाली ढोल ॥

तुला बराबर भाग्य की, सबका अपना भाग ।
कोई सोता नींद भर, कोई रहता जाग ॥

कभी मात कभी शह है, अजब-गज़ब है खेल ।
आशाओं पर उग रही, अवसादों की बेल ॥

धरा धरा पर ही रहे, मान औ' अभिमान ।
साथ चलेंगे ले तुझे, पुण्य कर्म अवदान ॥

दर्शक-दीर्घा बैठकर, भाग्य रहा है देख ।
सुख-दुख का मंचन विषम, कौन लिखे आलेख ॥

जाने क्या क्या तोलता, समय डाल पासंग ।
मानव-जीवन खो रहा, नैसर्गिक रँग-ढंग ॥

परिगणना होती रही, साँसों की बिन मोल ।
इधर मूल घटता रहा, उधर ब्याज में झोल ॥

प्रतिबोधन नियमित हुआ, समय करे संज्ञान ।
पल-पल होती परीक्षा, मिटता मिथ्या मान ॥

किया स्वयं का प्रतितुलन, पाया यह अभिज्ञान ।
जीवन अनुरेखण सदा, शेष व्यर्थ अनुमान ॥

किया समय ने प्रत्अंकन, खींची विधि की रेख ।
खाली रही हथेलियाँ, ऐसा लिखा सुलेख ॥

जाने कैसी वर्णिका, जाने कैसा शोध ।
विसंगतियाँ घनी मिली, साँस-साँस सँगरोध ॥

परिगणना क्यों कर करें, सबका सच्चा माल ।
ब्योरेवार लिखे चरित, निस्पृह लेखापाल ॥

खेल विषम जीवन लगे, और अनिश्चित जीत ।
समय खिलाड़ी है चतुर, नहीं बनाता मीत ॥

समय बराबर ले रहा, कर्मों का संज्ञान ।
भाग्य तराजू तोलकर, देता है सम्मान ॥

समय जमूरा देखता, तरह तरह के खेल ।
कहीं विरह-बिछुड़न यहाँ, कहीं मेल-बेमेल ॥

समय निरन्तर लिख रहा, मौसम का इतिहास ।
जीत हुई पतझार की, या हारा मधुमास ॥

साहूकार समय बड़ा, राजा हो या रंक ।
करनी के अनुरूप ही, देता सबको अंक ॥

समय भला तो सब भला, इस का रखो मान ।
बड़े-बड़े यूँ बह गए, रही न कोई शान ॥

समय परीक्षा ले रहा, शून्य सभी का ज्ञान ।
कालजयी होता वही, जिसके कर्म महान ॥

लेखा-जोखा देखकर, करता ऋण भी माफ़ ।
समय देव के सामने, मन ले जाना साफ़ ॥

जाने कैसा बटखरा, लेकर घूमे भाग्य ।
मेरे माथे रख दिया, भर-भर कर दुर्भाग्य ॥

आँखों के सम्मुख रहे, प्रति पल ही संत्रास ।
समय हाथ में दे गया, सुख जैसे मुखवास ॥

मुसीबतें इतनी मिलीं, साँस हुई संगरोध ।
समय बराबर दे रहा, पग-पग पर अवरोध ॥

जाने क्यों रुठा लगे, हुआ नहीं अनुकूल ।
समय सदा से दान में, देता है बस शूल ॥

समय एक-सा देखता, राजा हो या रंक ।
कोई बैठा गोद में, कोई पाए डंक ॥

समय चक्र अनुकूल यदि, जीवन नित मधुमास ।
समय साथ चलते रहो, पूरी होगी आस ॥

नीलम, मूँगा, राजमणि, सब पहने हैं यार ।
भाग्य बदल पाया कहाँ, समय रहा लाचार ॥

कठिन काल में जी रहे, तितली, भँवरे, फूल ।
उपवन में जाना मना, मीत हो गये शूल ॥

समय सदा ही पारखी, रहा तुला में तोल ।
हीरे को हीरा कहे, माटी को अनमोल ।।

समय कभी अच्छा रहे, समय कभी विद्रूप ।
निष्ठा, धीर, सदाचरण, सभी समय के रूप ।।

ऊँच-नीच का ज्ञान दे, भला-बुरा पहचान ।
समय प्रखर शिक्षक यहाँ, सदा करो सम्मान ।।

समय बड़ा मुंसिफ़ हुआ, समय बड़ा अख्यार ।
मेरी सुनवाई करें, नागफनी, पतझार ।।

सूना - सूना ही रहा, सकल साज श्रृंगार ।
प्रेम-पाश के नाम पर, शून्य मिला उपहार ।।

पता नहीं क्या सोचकर, भाग्य लिखे आलेख ।
मेरे बारह ग्रहों में, केवल दुख की रेख ।।

मेरे टीपन में लिखा, मरुथल ही गुलज़ार ।
विपदाएँ सँग-सँग रहीं, आँसू दें उपहार ।।

न्यायवंत लेखक सदा, लिखता सही विधान ।
जिसके जैसे करम हैं, उसका उतना मान ॥

समय-चक्र है घूमता, करता सम अनुपात ।
सम्मित सबको बाँटता, फूल, शूल औ' पात ॥

अनुरेखित करता रहा, विधना क्यों कर भाग ।
प्रतिबन्धित साँसें मिलीं, ग्रहण लगा अनुराग ॥

पूर्व-निरुपित रेख सब, पूर्वाग्रही उजास ।
द्वारे से वापिस हुआ, उल्लासित मधुमास ॥

अंकेक्षक ऐसा मिला, पूरा रखा हिसाब ।
सुख वाले दिन काट कर, दुख से भरी किताब ॥

पीड़ाओं का गर्भगृह, आँसू का छतनार ।
विधना ने चुन कर दिये, प्रतिबंधित उपहार ॥

समय बराबर दे रहा, सुख दुख का संज्ञान ।
प्रतिपालक है करमगति है, प्रतिदिन देती दान ॥

समय तराजू तोलता, मानव ज्यों पासंग ।
सोच-समझ कर दे रहा, भाग्य, रूप, कुल, रंग ॥

समय विरंग सटोरिया, खेले कैसे दाँव ।
कहीं बेचता गाँव को, कभी खरीदे छाँव ॥

जाने कैसे बाट ले, समय रहा है तोल ।
भरी-भरी झोली कहीं, कुछ को देता झोल ॥

शुभ सुयोग सत्कर्म से, समय बढ़ाता मान ।
सोनतरी लेकर चले, पुण्य देह से प्राण ॥

मायावी निर्दय समय, हँसी गई वनवास ।
सरिसृप-सा जीवन लगे, साँसें भी निःश्वास ॥

कठिन काल में क्या करें, ढूँढें कहाँ उभास ।
प्रतिघाती मौसम हुआ, मिथ्याभाषी आस ॥

देत बटाई पर नहीं, समय भाग्य का धान ।
जो जैसा बोए मिले, उसको वैसा दान ॥

जीवन-दर्शन

किसकी रहूँ कृतज्ञ मैं, किसे कहूँ आभार ।
सबसे कुछ कुछ सीखकर, स्वप्न किया साकार ।।

जीवन विषम प्रहेलिका, सुलझाना अनिवार्य ।
प्रतिपालन प्रतिमान है, अनुबंधन शिर-धार्य ।।

अभिलेखन करता रहा, विधना मेरे साथ ।
जितनी मेरी योग्यता, उतना आया हाथ ।।

छूटे साथी-सँगाती, छूट गये सब खेल ।
छुक-छुक करती रह गयी, बचपन वाली रेल ।।

कागज़ वाली नाव का, बुढ़ा गया संसार ।
बचपन सीपी शंख के, दिन थे केवल चार ।।

चित्रालय में जीव के, पल-पल बदले रूप ।
ज्यों-ज्यों दिन हैं बीतते, बदलें निज प्रारूप ।।

लिये हाथ में घूमता, जैसे समय चकेठ ।
चलता टेवा-चक्र है, गतिमय मौसम सेठ ।।

परिगंतव्य मिले किसे, कहाँ रहा अभिमान ।
जीवन की राहें कठिन, साँसें खेल समान ।।

माट़ी के ठिल्ला सदृश, हम हैं खेल समान ।
माटी ही होकर रहे, माटी का सामान ।।

तन की खेती सूखती, मन निर्जन उद्यान ।
जीवन भर भरती रहीं, साँसें कड़ा लगान ।।

अन्वीक्षण करके मिला, जीवन केवल खेल ।
सुर-धनुषी थी कामना, जिसमें पड़ी नकेल ।।

मनवांछित किसको मिला, मृगतृष्णा आघोष ।
खुशियाँ गिन-गिन कर मिलीं, दुख का अक्षय कोष ।।

काल-चक्र नित घूमता, घूमे धरती साथ ।
चंदा तारे कब रुकें, कब आया रवि हाथ ।।

प्रेम-ग्रंथ में विरह का, पढ़े पंवाड़ा कौन ।
सबके अपने शब्द हैं, सबके अपने मौन ।।

संपुटिका में धर दिये, बचपन वाले खेल ।
कंचे, मोती, गुड़िया-घर, हँसी, रुठना, मेल ॥

अंतर का अंतर अगर, देता अंतर खोल ।
मन की दुर्गम भावना, खुल जाती बिन बोल ॥

जब मन के भीतर बसे, श्यामल छवि अनमोल ।
पावन प्रेमिल भावना, हो उत्कृष्ट अडोल ॥

कैसे परिखा रोकती, मन की शिखर उड़ान ।
प्रत्याशा के पर लगे, हुई सतत गतिमान ॥

सूरज के घर चल रही, अँधियारे से बात ।
उजियारा प्रतिकार से, विफल करे प्रतिघात ॥

निशा नशे में घूमती, भूल रही अख़्लाक ।
सूरज से छिपती फिरे, लाज हो गई ख़ाक ॥

दुराचरण के साथ रह, निशा हुई बदनाम ।
सूरज का घर छोड़कर, हुई विनिष्ट अनाम ॥

पानी-पानी हो गया, मात-पिता का प्यार ।
वृद्धाश्रम होने लगे, बूढ़ों के घर-बार ।।

ज्योत जलाओ ज्योत से, तभी बनेगी बात ।
प्रेम, दया, सद्‌भाव से, होगा नवल प्रभात ।।

जात-पाँत तन भेद के, कितने भी प्रारूप ।
माटी का रंग एक है, लहू न बदले रूप ।।

क्षिति, पावक, अंबर, नदी, है समीर उपहार ।
जीवित रहने के यही, पाँच तत्त्व आधार ।।

रंग अनंत-अशेष हैं, अभिमंडित आकार ।
अभिव्यंजन है ईश का, मधुबन अरु पतझार ।।

प्रात भ्रमण करने चली, पुरवा खेतों ओर ।
सरसों से मन बाँटती, गन्ना है चितचोर ।।

प्रतिबन्धु दुर्भाग्य है, हरदम देता साथ ।
खुशियाँ निष्काषित करे, पकड़े दुख का हाथ ।।

तुलाशीश पर बैठ कर, भाग्य लिखे प्रालेख ।
किसके घर खुशियाँ लिखूँ, किसके दुख-आलेख ।।

जीवन लगता है मुझे, ज्यों दुख का अनुप्रास ।
अनुपस्थित रहता सदा, हास और उल्लास ।।

निस्तरंग सागर हुआ, लहरें भी चुपचाप ।
समय निरन्तर मौन है, किसका है अभिशाप ।।

आसमान को कर दिया, किसने यूँ बदरंग ।
इन्द्रधनुष के खो गये, सातों मनहर रंग ।।

साढ़े साती लगी ज्यों, ऐसा आया काल ।
रागनियाँ, सुर, ताल, लय, सभी हुईं बेहाल ।।

टालम-टोला कर रहा, विधना मेरे साथ ।
दुर्भर गठरी दुखों की, तिनका भर सुख हाथ ।।

आवाजाही में गये, जीवन के अभियान ।
हाथों में केवल रहे, अभिशापित वरदान ।।

आयातित संवेदना, आयोजित छल-छन्द ।
इनकी संगत में हुईं, अभिलाषाएँ मन्द ।।

प्रायोजित मुस्कान है, आकर्षक परिधान ।
देखी झूठे रूप की, एक नयी पहचान ।।

संयोजित करके मिला, हर्ष और अवसाद ।
तेरे पाले गीत हैं, मेरे सूने नाद ।।

दरक रही संवेदना, चिटक रहे संवाद ।
सुरभिहीन रिश्ते हुए, आँखें करे विवाद ।।

दो पीठा यह आदमी, चलता टेढ़ी चाल ।
जैसा रंग है देखता, वैसा करता हाल ।।

दहन कक्ष में रह गए, सपने बहुत विशेष ।
आँखों से झर-झर रही, केवल पीड़ा शेष ।।

दलबदलू मौसम हुआ, करता शठ अनुराग ।
चापलूस को शीतसुख, सदाचार को आग ।।

सुनियोजित पीड़ा मिली, हँसी हुई अभिशाप ।
मन की रसमय कामना, निष्फल अपने आप ॥

सभी-राशियों में नहीं, मेरे सुख्र की रेख्र ।
कर्मो का अवदान है, या विधि का आलेख्र ॥

होनी तो होकर रहे, होनी का सब ख्रेल ।
अनहोनी भी अटल है, जीवन सबका मेल ॥

ज्योति-पर्व पर आपको, ख्रुशियाँ मिले अपार ।
सुख्रद सलौने सपन सब, हो जाएँ साकार ॥

दीप जलाओ नेह के, हो प्रकाश हर ओर ।
कल्मष सब उर का धुले, अंतर भाव विभोर ॥

नया वर्ष लो आ गया, पिछला हुआ अतीत ।
प्रेम, दया, करुणा, क्षमा, सदा रहे यह रीत ॥

प्रतिनंदन मौसम करे, धरा कहे आभार ।
लेकर आई शरद ऋतु, दीपों का त्योहार ॥

क्षण में उर-कल्मष धुले, मन का हो उपचार ।
दीप-शिखा ज्योतित करे, मिट जाये अँधियार ।।

आभासित परिवेश हो, अनुगुंजित नित नेह ।
मन हो जाये बाँसुरी, राग सोहनी देह ।।

है प्रतीप उजियार का, अँधियारा अविनीत ।
जतन सतत सारे किए, फिर भी मिली न जीत ।।

अजब बुझौवल जिन्दगी, समझ न आए रीत ।
प्रतिघाती ही बंधु निज, झूठ बोलती प्रीत ।।

ठहरी दो पल को खुशी, दुख जीवन भर साथ ।
जीवन रहा अबूझ-सा, कुछ भी लगा न हाथ ।।

कृष्ण पक्ष में हो रहा, शुक्ल पक्ष का शोर ।
तमस कहीं जाकर छिपा, है उजास हर ओर ।।

दीप जलाते ही गया, अँधियारा-अवसाद ।
पावन आभा से हुआ, पावन आहद-नाद ।।

तम के साथ रहीं सदा, विपदाएँ आबाद ।
उजियारे को देख कर, अनुगुंजित आल्हाद ।।

अजब-गज़ब मौसम लगे, समझ न आए रीत ।
कहीं गरम तेवर घने, कहीं बरफ-सा शीत ।।

अँधकार के हाथ में, है उजियाली रेख ।
सूरज के छिपते उगा, चाँद गगन में देख ।।

ज्योतित सूरज-चाँद से, सारा यह संसार ।
चित्र सृजित करती धरा, आकल्पन सुकुमार ।।

दुविधाएँ इतनी रहीं, सुख ले गईं बटोर ।
जीवन में उतरी कहाँ, खुशियों वाली भोर ।।

अनबाधित चलता रहे, दिखे सदा अक्लांत ।
सूरज से नित सीखते, जीवन का सिद्धांत ।।

सात सुरों में बाँधकर, प्रीत गा रही गीत ।
ढाई आखर प्रेम के, दुनिया लेते जीत ।।

नामुमकिन जैसे लगे, तम के साथ प्रकाश ।
ऐसा ही मुझको लगे, दूर सुभग मधुमास ।।

सूरज के सम्मुख सदा, झुकता तम का माथ ।
अच्छे कर्मो से सदा, मिलता सुख का साथ ।।

काल, कला, काली, कली, कितने-कितने रूप ।
शब्द बदलते क्षण भर में, जीवन के प्रारूप ।।

सूरज से कैसे करे, अँधियारा तकरार ।
इसकी निश्चित जीत है, उसकी निश्चित हार ।।

प्रतिक्षण होता स्वयं को, निस्तारक अभिज्ञान ।
कुंभकार बस ईश-सा, गढ़े सुघढ़ इंसान ।।

माटी माने स्वयं को, अनुग्रहीत सौ बार ।
सृष्टा मुझसे ही गढ़ें, मानव रूप अपार ।।

माटी से मूरत गढ़ी, मिली एक पहचान ।
माटी जब माटी हुई, शेष बुराई-मान ।।

लोकानुरंजन के लिये, लिखे सवैया-छन्द ।
मुखरित अभिव्यंजन रहा, भले सर्जना मंद ।।

दुविधाएँ हैं अनगिनत, कदम-कदम प्रतिवाद ।
जीवन की सच्चाइयाँ, किससे करें विवाद ।।

संपुटिका में स्वप्न की, निंदिया माँगे ठौर ।
आँखें-आँखों से कहें, निशा हुई सिरमौर ।।

राग बसंत बहार हो, या फिर हो कामोद ।
विरही मन करने लगा, पीड़ा सँग आमोद ।।

रोमांचित सागर हुआ, नदिया हुई अधीर ।
हम दोनों के मिलन का, साक्षी केवल नीर ।।

जाने कब मधु ऋतु हुई, जाने कब पतझार ।
इन दोनों के बीच में, पीड़ा का संसार ।।

गीत लिखे, दोहे लिखे, कितने गाए राग ।
मृदु उर की बुझती नहीं, फिर भी देखो आग ।।

विविध अनुभाव

अवतरणिका के पृष्ठ में, केवल लिखा विषाद ।
भाग्य-पुस्तिका कर रही, जीवन से संवाद ।।

प्रतिवादी रिश्ते हुए, खींच रहे हैं चीर ।
निष्कासित यादें हुई, अपने लगते तीर ।।

मन बैरागी-सा हुआ, उतर गया उन्माद ।
विरह-वेदना हो गयी, ध्रुपद धमार निनाद ।।

सुधियों के द्वारे खड़ा, बचपन हुआ अतीत ।
जाकर फिर लौटा नहीं, वह मेरा मन-मीत ।।

देर भले मुझको लगी, अब समझी ये बात ।
चार दिवस की चाँदनी, फिर अँधियारी रात ।।

जीवन के दालान में, बैठे दुख-अवरोध ।
सुख का पल भर कों नहीं, होने देते बोध ।।

यादों की खिड़की खुली, बचपन आया पास ।
दौड़-पकड़ करने लगे, फिर छोटे अहसास ।।

परखैया लगता समय, जाने सबका भाव ।
जीना किसे अभाव में, किसका मुखर प्रभाव ॥

अछरौटी में मिल गया, मुझको जग-संज्ञान ।
फूँक-फूँक कर रख कदम, जीवन है अभियान ॥

जग में आए क्या किया, क्या पाया अभिधान ।
अभिभाषण सब व्यर्थ है, सदगुण से उत्थान ॥

उथल-पुथल बाहर रहे, भीतर युद्ध-विराम ।
अंतर के दोनों सदन, शांत रहें अविराम ॥

कैसे-कैसे रूप धर, जीवन खेले दाँव ।
कभी अकड़ता शीश है, कभी पकड़ता पाँव ॥

सुख घर से निकला नहीं, लो दुख आया द्वार ।
भाग-दौड़ ऐसी रही, मीत ! हो गई हार ॥

दुख की महिमा है अगम, मिले न पारावार ।
पार लगे जब-जब कभी, डूबे उतनी बार ॥

हँसी छीन अवसाद ने, बदला जीवन-रूप ।
सूख रहा बरसात में, भिगो रही है धूप ॥

अनियंत्रित पीड़ा हुई, बाधित सोच-विचार ।
मन के पतझर का भला, है कोई उपचार ॥

मन के भीतर आ बसा, अनायास संन्यास ।
प्रेम भरे संदेश को, मिला नहीं आवास ॥

रिश्तों पर सीलन जमी, संवेदन पर घास ।
कैसे युग में जी रहा, अलबेला मधुमास ॥

मात-पिता अब दूर हैं, रिश्ते हुए उदास ।
त्योहारों का कब रहा, पहले-सा अहसास ॥

दुख से भीगी रात है, आँसू जैसी ओस ।
बाधाओं को प्रेम से, रही निराशा पोस ॥

भीतर से निकले नहीं, मन के गहरे रोग ।
खटिया पर बैठे हुए, पहरा देते सोग ॥

दोहर ओढ़े सो रहा, अंतर का संताप ।
दृग-आँगन बाधा खड़ी, आँसू देते ताप ॥

बीते युग से दूर हैं, वर्तमान के हाथ ।
नहीं पूजते पाँव वे, चलते थे जो साथ ॥

बचपन गुड़िया खेलता, बना घरौंदा पास ।
अब कैसे दिन आ गये, चीख़ रहा विश्वास ॥

पानी-पानी हो रहा, मात-पिता का प्यार ।
वृद्धाश्रम होने लगे, गली-गली तैयार ॥

मेरे मन की पीर का, ऐसा अदभुत कोष ।
झर-झर आँख उलीचतीं, शब्द रहें ख़ामोश ॥

जनम-जनम की प्यास है, जनम-जनम की पीर ।
सबको कैसे बाँट दूँ, अंतर की जागीर ॥

आँसू भीगे दिन रहे, सिसकी भरती रात ।
भाग्यहीन के भाग्य में, जीवन कब सौगात ॥

रास आ गया है मुझे, अपना दोहरा रूप ।
भीतर झंझावात है, बाहर निकली धूप ।।

दो कोटर है देह के, मन के लाख विचार ।
इच्छाओं का इसीलिये, पनप रहा व्यापार ।।

मानव के मन से उड़ी, अब जीने की आस ।
रूप बदल छलता रहा, अपना ही इतिहास ।।

जीवन भर पकड़े यहाँ, कौन किसी का हाथ ।
दुःख आते ही छोड़ कर, भागे रिश्ते साथ ।।

चली गयी अब अधर से, बचपन की मुस्कान ।
मुखड़ा हुआ मलीन ज्यों, नमक बिना पकवान ।।

प्रेम-बेलि को निरंतर, रही अश्रु से सींच ।
लो, फिर भी मुरझा गयी, थी तालों के बीच ।।

माया घटी न मन हटा, गया नहीं उन्माद ।
इसीलिए चलता रहा, पीड़ा से संवाद ।।

दुख जीवन का नाम है, दुख जीवन का अंग ।
पूरी होती है यहाँ, सरगम दुख के संग ॥

कितने ही दोहे लिखे, कितने लिखे निबंध ।
पीड़ा से छूटा कहाँ, चिर नूतन अनुबंध ॥

दो मौसम होने लगे, हवा चले किस ओर ।
कभी तपाती ग्रीष्म ॠतु, कभी घटा घनघोर ॥

मौसम जैसे रूप धर, जीवन खेले दाँव ।
आँखें नम, दिल में जलन, और ठिठुरते पाँव ॥

सपने सारे व्यर्थ हैं, मिला न कौड़ी दाम ।
जीवन सारा लिख गया, है पीड़ा के नाम ॥

जीवन की मुझको मिली, दीमक लगी किताब ।
बाहर पक्की जिल्द है, भीतर जर्जर ख़्वाब ॥

इच्छाएँ नाकाम सब, आशाएँ बदनाम ।
भाग्य लिखा लाया अरे ! बाधा मेरे नाम ॥

शब्द-शब्द मैं ढूँढती, लिखने को अनुभाव ।
मीत ! तनिक जल्दी करो, भरने हैं कुछ घाव ।।

इधर प्रेम-लीला चले, उधर जगत उपहास ।
अब दुनिया का क्या करूँ, जब मेरे तू पास ।।

करम गठरिया बाँधकर, जोह रही हूँ बाट ।
कहाँ उतारेगी तरी, बहुतेरे हैं घाट ।।

हाय ! क्यों परती पर दी, हरियाली की लाज ।
बचा सके तो बचा ले, मानव कल का आज ।।

नियति-चक्र ऐसा चला, विफल रहे सब दाँव ।
अवसादों से भर गया, देख प्रीत का गाँव ।।

दीं बटाई पर खुशियाँ, हुई पराली आस ।
आएगा भी या नहीं, जीवन में मधुमास ।।

दोहे मैं कैसे लिखूँ, ले आँखों में नीर ।
अभिनंदन कैसे मिले, सुने नहीं तकदीर ।।

जिसके जैसे करम हैं, वैसा मिलता भाग ।
ऊपर वाले ने रखा, अपने पास विभाग ॥

नागफनी बदनाम है, कुछ काँटों के संग ।
किन्तु मनुज के शूलमय, अंग और हर ढंग ॥

कर उछाल चावल चली, बेटी प्रिय के द्वार ।
बाबा सिक्के वारते, आँगन है लाचार ॥

अभिलाषाएँ अनसुनी, तूफ़ानों के घाट ।
इच्छाएँ दम तोड़तीं, तकते प्रिय की बाट ॥

सदगुरु से मिलवा दिया, किया बहुत उपकार ।
ईश्वर तेरी कृपा से, भाव हुए साकार ॥

सदगुरु के आशीष से, हुआ जगत का ज्ञान ।
जीवन भर का पा लिया, जीवन ने सामान ॥

साधो ! बेचो माल सब, उठने को है हाट ।
करम-गठरिया सँग चली, सोनतरी उस घाट ॥

दिन गिन-गिन निज कर्म का, कर्ज़ा रही उतार।
दुख-किवाड़ पकड़े खड़ा, चुकता करो उधार ॥

लिखते-लिखते थक गई, मिला न उपसंहार।
जीवन की इस कथा का, लगा न अब तक पार ॥

षडज, रिषभ, गंधार से, कब बनता संगीत।
पीड़ा जब सुर साधती, पंच-तत्त्व ले जीत ॥

ईश्वर के आशीष से, मिलते गुरु अनुकूल।
काँटे सारे राह के, हो जाते सित फूल ॥

गहवारे में लेट कर, बचपन के दिन चार।
पंछी जैसे उड़ गए, याद रही इस पार ॥

झुर्री के घर बैठकर, श्वेत हो गए केश।
इच्छाओं का पर अभी, बूढ़ा होना शेष ॥

लिए गडूलन आ रही, हौले हौले याद।
हाथी, घोड़ा, पालकी, प्यार, डाँट के बाद ॥

आयु का यह मोड़ बहुत, लगता है अनमोल ।
बूढ़ी देह, चरण शिथिल, बदल गया भूगोल ।।

चित्रकार से बिखर गए, नीले नभ पर रंग।
रक्ताभा से भर गया, हरित धरा का अंग।।

दूर क्षितिज तक चल पड़े, मिले न अन्तिम छोर।
प्रियतम तेरा दरस हो, मैं देखूँ जिस ओर ।।

काल तराजू तौलता, ले कर्मों का बाट ।
बहुतेरे इस घाट हैं, कुछ भेजे उस घाट ।।

अभिलाषाएँ पंख बिन, इच्छाएँ बेदाम ।
जीवन जैसे लिख गया, व्यथा कथा के नाम ।।

दशधा भक्ति किसे मिले, दुर्लभ ऐसा संत ।
पंच दोष से विरत जो, वो ही भक्त अनंत ।।

लगन, महूरत झूठ सब, किसका देते साथ ।
भाग्य-पत्रिका जो कहे, आता वो ही हाथ ।।

कोरोना

दो गज़ दूरी देह की, धुले हाथ हर बार ।
मुँह को ढँककर घूमना, जीना वर्ष हज़ार ॥

कोरोना के मिस समय, लगता कुटिल कराल ।
अन्वेषण सब चल रहे, शायद बदले चाल ॥

कोरोना ने कर दिया, सारा जग बदहाल ।
लूट लिया धन धरा का, सुखा रहा सुख-ताल ॥

जन जीवन विचलित किया, अस्त-व्यस्त व्यवहार ।
कोरोना दुर्दिन बना, करे नाश-संहार ॥

धैर्य धरा जैसा धरे, ऊँचाई आकाश ।
सागर जैसी गहनता, है भारत के पास ॥

अतुल सभ्यता देश की, संस्कृति वेद पुराण ।
युग-युगांतर तक रहे, दिशा-दिशा यश गान ॥

कोरोना योद्धा डटे, जीतेगें हर हाल ।
भारत भूमि रही सदा, दया, धर्म की ढाल ॥

कोरोना ने कर दिया, कैसा यह संसार ।
नर ही नर का कर रहा, भीषण नर संहार ।।

कितनी सुन्दर रात थी, कितनी मोहक भोर ।
कोरोना फैला गया, दहशत चारों ओर ।।

ज़हरीली कितनी हवा, आसमान बिन रंग ।
मानव हर विधि लड़ रहा, जीवन-मारक-जंग ।।

कौन सिकन्दर रह सका, किसका रहता राज ।
वैभव होता ब्यर्थ सब, जब आते यमराज ।।

कोरोना तूने किया, कैसा अत्याचार ।
जग को सूना कर दिया, लूट लिए त्योहार ।।

जीवन-गति बाधित हुई, अश्रु हुए बर्बाद ।
मानव जीवन को मिला, दुख्र से भरा प्रसाद ।।

मानव-मन की वेदना, करती हाहाकार ।
बेगि उबारो रामजी, कर दो कश्ती पार ।।

दुख, पीड़ा, अवरोध हैं, चारों ओर पुकार ।
महादेव ! अब मुक्त करो, जीवन दो उपहार ।।

प्राणहीन-सा जग हुआ, अँधकार हर ओर ।
कोरोना के कहर से, बाधित जीवन-डोर ।।

दुराचार तन-मन हुआ, सेठ हो गया पाप ।
धरती को मैला किया, अहम् हो गया आप ।।

अनाचार से मनुज के, भू का बढ़ता भार ।
ध्वस्त कर रहे सृष्टि को, लोभ, मोह, कुविचार ।।

पाप-बोझ ढो-ढो थकी, धरती करे विलाप ।
वन-उपवन, पतझर हुए, मौसम जैसे शाप ।।

कुरुक्षेत्र है कोरोना, लड़ते हम धर धीर ।
सेवा, साहस, प्रेम से, डटे हमारे वीर ।।

कोरोना के पाश से, बचा रहे रणवीर ।
यह योद्धा हैं धन्य जो, बदल रहे तस्वीर ।।

प्रपूरण

दया, धर्म, विश्वास का, हुआ महा संग्राम ।
जीत सदा सच की रही, झूठ हुआ बदनाम ।।

हरियाली हर ओर हो, चारों ओर प्रकाश ।
नवजीवन-संचार हो, फलित आस-विश्वास ।।

साँस-साँस नव चेतना, अधरों पर हों गीत ।
कोरोना का नाश हो, साहस की हो जीत ।।

चाहे कितना हो विकट, आतंकी का वार ।
जीतेगा मानव यहाँ, कर विश्वास अपार ।।

ध्यान, मनन, सत्कर्म से, फैले जग में प्रीत ।
कृपा करें ईश्वर सदा, होगी अपनी जीत ।।

देह दूर हो देंह से, मन है मन के पास ।
प्रेम, दया, करुणा, क्षमा, देते रहें प्रकाश ।।

नवरस, नवधा, नवरतन, अदभुत है यह देश ।
गंगा, गैया, गायत्री, है पावन परिवेश ।।

कोरोना से जीत कर, मैंने अपनी जंग ।
जाना दुनिया में अभी, शेष प्यार का रंग ।।

इच्छाओं में ज्वार चिर, बाधा अपरम्पार ।
किसके मन का हो सका, मनभावन किरदार ।।

टहल रही थी पीर नित, घर के पास पड़ोस ।
ताक रही वो घर जहाँ, दुख बरसे ज्यों ओस ।।

पीड़ा का पहरा घना, पूरा रखा ख्याल ।
द्वारे से लौटा दिया, खुशियों वाला थाल ।।

मंजूषा में सुख समा, दुख गिनती के पार ।
प्रतिपालक सपने बने, आँसू पहरेदार ।।

पीड़ा की चकरी बँधी, खुशियों वाली डोर ।
तन-मन को बहका रही, उड़ी पतंग अछोर ।।

व्यथा-कथा लिखते गए, दिवस, महीने, साल ।
आँखें ज्यों बादल हुईं, अंतर जैसे ताल ।।

रूप प्रेम का दास है, रूप रहे दिन चार ।
प्रेम अमर दृष्टांत है, प्रेम सृष्टि आधार ।।

व्यर्थ रहेगा गुण बिना, रूप नहीं प्रतिमान ।
जिसकी छवि में प्रेम है, रहे सदा द्युतिमान ।।

मन जैसे मुरली हुआ, तन कालिंदी धार ।
राधा मधुबन प्रेम का, मन मोहन आगार ।।

प्रेम रहित जग हो रहा, मरुथल का आवास ।
खोलो मन के द्वार अरे ! आने दो मधुमास ।।

सम्मोहन है नाम का, संकीर्तन घनश्याम ।
अनुषक्ति मन-वृन्दावन, सुबह दोपहर शाम ।।

केवट ! अब तो ले चलो, क्षीर सिन्धु के पार ।
दुर्मिल धारा प्रेम की, देगी पार उतार ।।

बही खाते में प्रभु के, रहता नहीं उधार ।
या तो नौका डूबती, या हो जाती पार ।।

अनुयाचन कैसे करूँ, कैसे आऊँ द्वार ।
अब तो बेगि उबार लो, देह खड़ी तैयार ॥

आशाएँ धूमिल हुईं, साँसें सूना शंख ।
समय पड़ा दुष्चक्र में, सपने टूटे पंख ॥

शुभ कर्मों की पोटली, कर लेना तैयार ।
शेष यहीं है छूटना, हल्का कर लो भार ॥

क्या जाने कब तक रहे, तेरा मेरा साथ ।
आमंत्रण रस्ता तके, चलो मिलाएँ हाथ ॥

मेरे पीछे याद कर, सखियों! मेरा नाम ।
मत देना आवाज़ फिर, जब पाऊँ विश्राम ॥

गले लगाएँ चलो हम, हर उपवन हर फूल ।
भारत माँ को नमन करें, जो है अपना मूल ॥

तेरे मेरे मिलन की, गाथा बहुत अजीब ।
ना मैं तुझसे दूर हूँ, हुई न कभी करीब ॥

ईश्वर के दरबार की, होती माटी एक।
दूर करो विद्वेष की, आँधी का अतिरेक॥

सब धर्मों का मूल है, प्रेम और विश्वास।
ईश्वर केवल सत्य है, बाकी झूठ तलाश॥

प्रेम रहित इस देह का, किसको मिलता मोल।
श्रद्धा अरु विश्वास करें, साँस-साँस अनमोल॥

दिशा-दिशा में प्रीत के, गूँज रहे हैं गीत।
आओ मिल कर बाँट दें, खुशियों का संगीत॥

धरती मेरे देश की, जैसे तीरथ धाम।
जन्म लिया जिसने यहाँ, पाया सुख, विश्राम॥

जाति-पाँति अरु भेद से, मत रखना व्यवहार।
आठ पहर की साँस है, आठ पहर हो प्यार॥

देश हमारा जगत गुरु, सच्चा यही विचार।
चलो लगाएँ आज हम, भारत माँ जयकार॥

रीत रहे घट साँस के, गिनती के दिन चार ।
हुई न पूरी कामना, विनत खड़ी मैं द्वार ।।

सप्तक पूरी हो चली, पूरे गाए राग ।
तान कहाँ फिर भी सधी, साँसें लें बैराग ।।

चलो उठो अब बाँध लो, कर्मों का सामान ।
पिंजरा ख़ाली रह गया, हुए पखेरू प्राण ।।

अंतर में छवि ईश की, अर्चन, वंदन, ध्यान।
मुक्ति धाम जाने हेतु, रखना यह सामान

समय बाँध कर ले चला, बीते सब अनुबंध।
हाथ हिलाते रह गए, यादों के तटबंध।।

नूतन युग को सौंप दें, अभिमंडित आकाश।
सत्य, दया, अरु शील का, हो उदीप्त प्रकाश ।।

सोनतरी उस पार है, देह खड़ी इस पार।
इन दोनों को जोड़ता, कर्मों का संसार ।।

परिशिष्ट

प्रणामांजली

शब्द	अर्थ
पारायण	अनुष्ठान की समाप्ति
अनुगामी	आज्ञाकारी, पीछे चलने वाला,
अभिवंदित	अभिवादित
प्रतिदान	वापिस करना, विनिमय
अनुपान	दवा के साथ या बाद में ली जाने वाली वस्तु
प्रतिकांत	अत्याधिक प्यारा
अक्लांत	जो थका न हो
प्रज्ञान	प्राप्त किया गया ज्ञान, विवेक, बुद्धि
दुर्मिल	कठिन
अनुभाव	मनोगत भाव की सूचक बाह्य क्रियाऐं या चेष्टाऐं
अभिज्ञात	जाना पहचाना
अनुकाम	इच्छानुकूल, इच्छुक
विरत	अनुरक्त, लीन, संलग्न

वितत	विस्तृत, फैला हुआ
अनुध्यान	चिंतन या ध्यान
प्रत्यर्पण	वापिस करना, लौटाना
अनागम्य	दुर्गम
चित्राक्षर	चित्र के रूप में लिखे गए अक्षर
	प्रेम
परिभूषित	अलंकृत किया हुआ
दुर्बोध	दुरुह
अनारत	अनवरत, नित्य
	प्रियतम
कैदक	फाइल
पारपत्र	विदेशों में जाने हेतु अनुज्ञा पत्र
दुर्निवार	जिसका निवाारण कठिन हो
उपताप	ताप, आँच, क्लेश, पीड़ा
चित्य	चुने जाने योग्य
खंरव	उजाड़, छूछा
कोहबर	विवाह स्थल जहाँ कुलदेवता की स्थापना होती है।
परिदर्शन	पूर्ण दर्शन
उपवर्णन	विस्तृत वर्णन
	सपने
अथरा	अनाज रखने का मिट्टी का बड़ा बरतन
प्रतिवक्ता	उत्तर देने वाला, व्याख्या करने वाला
पौरिक	नगर का प्रधान शासक
कुठला	अनाज रखने का मिट्टी का बना बड़ा बर्तन
अधियार	आधे हिस्से का ज़िम्मेदार
पोहर	चारा, चरी

अवमानित	अपमानित
	सपने
शिविका	पालकी, डोली
अनुनायक	अनु-पीछे
प्रगम	प्रेम का प्रथम उदय
सुजान	भला, नेक
	बेटी
प्रतिनादित	प्रतिध्वनित
कुलावंतस	वंश मे श्रेष्ठ, वंश का मुकुट
उद्भास	चमक, प्रकाश
	भोर
लहठी	लाख्र की चूड़ी
अवगुंठिका	घूँघट, आवरण
फुलरा	फूल की बनी छतरी
रसाधिका	किशमिश
रक्तोत्पल	लाल कमल
लोकातीत	असाधारण
	शीतऋतु
अवदात	निर्मल, उज्जवल, सुंदर
रसौर	ईख्र के रस में पका चावल
नौनगा	नौ रत्न वाला हार
कलावंत	कलापूर्ण
रंगपाशी	एक विशेष सम्प्रदाय की होली के अवसर पर की जाने वाली ख्रान-पान, रंग डालने की सुख्रद सामूहिक प्रक्रिया

प्रकृति

सावन

डंडवारा	ऊँची दीवार
प्रति संवेदक	विषय की पूरी जानकारी कराने वाला
रक्तोपल	लाल कीमती पत्थर
प्रतिस्वर	प्रति शब्द, प्रतिस्वन
छजली	छोटा, पतला छज्जा
आसंग	लगाव, आसक्ति

नदिया

परिप्लावित	जो जल मग्न हो चुका हो
प्रत्याभास	तेज, शक्ति के फल स्वरूप होने वाला आभास

पर्यावरण

अभिरक्षक	संरक्षक
परितर्कण	अच्छी तरह विचार करना तर्क करना
रूपांकक	अभिकल्पक, डिजाइनर
वर्चस्वी	तेजस्वी
वचस्वी	बोलने में पटु

नैसर्गिक सुषमा

बहुटनी	बाँह पर पहनने का एक गहना
अपवादक	नियम विरुद्ध होने वाला
परिकीर्तन	गुणों की अत्याधिक प्रशंसा करना
लखौटी	लाख की चूड़ी
विवरणी	विवरण पत्र
आलापक	संगीत में स्वरों का आलाप करने वाला
टकटोहन	टटोल कर देखना
अपवाचक	चुगलख़ोर
फगुहारा	फाग खेलने या गाने वाला व्यक्ति

अभिवर्तित	जिसे विकसित किया गया हो
लहकौर	वर और कन्या का अपने हाथ से एक दूसरे को खिलाने की रस्म, इस अवसर पर गाया जाने वाला गीत।
प्रतिनंदन	आशीर्वाद के साथ अभिनंदन करना, बधाई देना
सहन	आँगन
लहालोट	हँसी से लोटना, प्रेम विभोर
झाँझरी	पायल, पैंजनी
अभिकथनीय	तथ्य के रूप में कथन
हथौना	वरवधू के हाथ में मिठाई देने की रस्म
संजोवा	सजावट, शृंगार
परिक्लांत	अत्याधिक थका हुआ
हथलेवा	वर-वधू के पाणि ग्रहण की रस्म
दुलड़ा	दो लड़ों वाला, दो लड़ों की माला
	<u>समय</u>
परिगणना	अच्छी तरह गिनना
प्रत्अंकन	अनुरेखन
वर्णिका	स्याही, रोशनाई
परिकलन	जटिल गणना, कठिन हिसाब
अंकेक्षक	बही खाता लिखने वाला लेखा परीक्षक
सरीसृप	ज़मीन पर रेंगने वाले जीव
	<u>जीवन दर्शन</u>
चकेठ	चाक को घुमाने वाला कुम्हार का डंडा
परिखा	दुर्ग, नगर आदि के चारों तरफ बनी हुई खाई, गहराई
दुर्भर	भार, जिसे उठाना कठिन हो
	<u>विविध</u>
प्रतीप	प्रतिकूल, उल्टा, विलोम
अवतरणिका	प्रस्तावना, आरम्भिक कथन

परखैया	परखने वाला व्यक्ति
अभिधान	उपाधि, कथन, नाम
गहवारा	झूला, पालना
अछरौटी	वर्णमाला
प्रत्यंकन	रेखांकित करना अनुरेखन
अनुषक्ति	आसक्ति, निष्ठा
स्वरित	ध्वनित, स्वर युक्त, उच्चारित
स्वत्व	अपनापन, अपना भाव
स्वस्तिक	सथिया 卐
स्वकथन	आत्मकथा

परिचय

नामः श्रीमती मधु प्रसाद

जन्म : २१ जनवरी, १९५६ (चन्दौसी) (उ.प्र.)

शिक्षा : एम.ए. (अंग्रेजी) एम.एड्., मेरठ यूनिवर्सिटी, मेरठ

व्यवसाय :प्रशिक्षित स्नातक शिक्षिका (अंग्रेजी) केन्द्रीय विद्यालय अहमदाबाद कैंट, अहमदाबाद। जनवरी २०१६ से सेवा निवृत्ति

सम्प्रति : स्वतंत्र लेखन, काव्य गोष्ठियों में भागीदारी, मंच संचालन, पुस्तक समीक्षा प्रस्तुतिकरण आदि

पिताश्री : स्व.डॉ. अमर नाथ जौहरी, एम.ए. (अंग्रेजी) (इलाहाबाद विश्वविद्यालय), पीएच.डी. (आगरा विश्वविद्यालय), महाराज सिंह कॉलेज, सहारनपुर से, अंग्रेजी विभागाध्यक्ष के पद से सेवा निवृत्त १९८० में। लेखक एवं रचनाकार।

माताश्रीः स्व. श्रीमती चन्द्रा जौहरी, एम.ए. (अंग्रेजी) आगरा विश्व विद्यालय, बी.टी. (बनारस हिन्दू विश्वविद्यालय) पूर्व में शिक्षिका, (बिरला बालिका विद्यापीठ, पिलानी) शेष जीवन गृह स्वामिनी।

पतिदेव : श्री उमेश प्रसाद, बी.ई. (मैकेनिकल) दिल्ली कॉलेज ऑफ इंजीनियरिंग, दिल्ली। तेल एवं प्राकृतिक गैस आयोग (अहमदाबाद) से २०१३ से सेवा निवृत्त।

परिवार : पुत्र, पुत्री, दामादश्री एवं नाती।

विशेष :

- गुजरात राज्य शाला पाठ्यपुस्तक मंडल द्वारा कक्षा ४ के लिए निर्धारित हिन्दी (प्रथम भाषा) के लिए एक गीत 'पार लगेगी सोनतरी' (काव्य संग्रह) में लिया गया।
- केन्द्रीय विद्यालय संगठन द्वारा २०१४ में संभागीय प्रोत्साहन पुरस्कार शिक्षा के क्षेत्र में निष्ठापूर्ण एवं सराहनीय सेवा के लिए दिया गया।

सम्मान :

- अखिल भारतीय साहित्यकार कल्याण संस्थान, रायबरेली (उत्तर प्रदेश) द्वारा २००३ में 'सूफी संत महाकवि जायसी सम्मान' चतुर्थ साहित्यकार सम्मान समारोह में प्रदान किया गया।
- हिन्दी की बहुचर्चित पत्रिका 'काव्य गंगा' द्वारा आयोजित 'काव्य गंगा सम्मानोत्सव २००४' काव्य शोध संस्थान द्वारा 'युवा कवयित्री' सम्मान दिया गया।
- हिन्दी साहित्य परिषद, अहमदाबाद द्वारा आयोजित 'डॉ.किशोर काबरा काव्य प्रतियोगिता' में प्रथम स्थान प्राप्त करने पर महामहिम श्री नवल किशोर शर्मा, राज्यपाल (गुजरात) द्वारा हिन्दी पर्व २००५ में रजत पदक द्वारा सम्मानित किया गया।
- अखिल भारतीय श्री अम्बिका प्रसाद 'दिव्य' स्मृति पुरस्कार नवगीत संग्रह 'साँस-साँस वृन्दावन' को २००८ में भोपाल में आयोजित कार्यक्रम में प्रदान किया गया।
- हिन्दी साहित्य परिषद, अहमदाबाद की ओर से 'डॉ.रामेश्वर लाल खण्डेलवाल 'तरुण' स्मृति अखिल भारतीय काव्य पुरस्कार काव्य संग्रह 'साँस-साँस वृन्दावन' को दिया गया।
- भोपाल की प्रतिष्ठित संस्था 'बिम्ब' द्वारा २००९ में 'बिम्ब भूषण सम्मान' प्रदत्त।
- 'शब्द प्रवाह' (उज्जैन) द्वारा आयोजित 'शब्द प्रवाह साहित्य सम्मान २०११' अछान्दस कृति 'जिजीविषा' को प्रोत्साहन पुरस्कार दिया गया।

- जबलपुर की प्रतिष्ठित संस्था 'कादम्बरी' द्वारा वर्ष २०१४ में दोहा संग्रह 'सपने हुए कपूर' को सम्मानित किया गया।
- के.बी. हिन्दी साहित्य समिति, बिसौली जनपद-बदायूँ द्वारा वर्ष २०१४ में गीत संग्रह 'पार लगेगी सोनतरी' को स्व. राम किशोर गुप्ता जी की स्मृति में 'हिन्दी भूषणश्री' सम्मान प्रदान किया गया।
- वर्ष २०१५ में बड़ौदा की प्रतिष्ठित नारी केन्द्रित संस्था 'नारी अस्मिता' द्वारा आयोजित भव्य कार्यक्रम में गीत संग्रह 'पार लगेगी सोनतरी' पुरस्कृत।
- अखिल भारतीय महिला लेखक संघ, भोपाल द्वारा वर्ष २०१८ में गीत संग्रह 'पार लगेगी सोनतरी' को पद्मश्री डॉ. मेहरुन्निसा परवेज़ द्वारा सम्मान प्रदान किया गया।
- हिन्दी साहित्य, कला एवं संस्कृति चेतना की पत्रिका 'साहित्य परिवार' के तत्वावधान में आयोजित साहित्योत्सव में 'महादेवी वर्मा' पुरस्कार वर्ष २०१८ में प्रदान किया गया।
- वीर भाषा हिन्दी साहित्य पीठ (मुरादाबाद) द्वारा सुदीर्ध हिन्दी सेवा व सारस्वत साधना के लिए वर्ष २०१९ में 'ज्ञानरत्न' सम्मान प्रदान किया गया।
- डॉ. रामेश्वरलाल खंडेलवाल 'तरुण' स्मृति अखिल भारतीय काव्य पुरस्कार २०१९ में गीत संग्रह 'हरसिंगार ! तुम झरते रहना' को प्रदान किया गया।
- 'अदबी उड़ान' (उदयपुर) द्वारा गीत सम्मान-२०१९ काव्य संग्रह 'हरसिंगार ! तुम झरते रहना' को प्रदान किया गया।
- अखिल भारतीय साहित्य सेवार्थे पुष्पगन्धा प्रकाशन, राजमहल चौक, कवरधा (छतीसगढ़) द्वारा 'साहित्यरत्न' (सर्वोच्च) सम्मानापोधि अलंकरण से वर्ष २०२० में सम्मानित किया गया।
- चतुर्थ राष्ट्रीय प्रज्ञा समारोह २०२१ में १. पद्मभूषण दादा बनारसी दास चतुर्वेदी स्मृति "गीत श्री अलंकरण - २०२१" गीत संग्रह 'हरसिंगार!

तुम झरते रहना' गीत संग्रह हेतु

- विद्योत्तमा साहित्य सम्मान समारोह २०२१- २०२२ 'विद्योत्तमा साहित्य गरिमा सम्मान' 'हरसिंगार ! तुम झरते रहना' गीत संग्रह हेतु ।
- विभिन्न संस्थाओं यथा ओ.एन.जी.सी., इ.स.रो., पी.आर.एल., ऑडिटर जनरल के ऑफिस, साहित्यालोक, निरमा इंस्टीट्यूट, विभिन्न विद्यालयों एवं दूरदर्शन द्वारा आयोजित काव्य गोष्ठियों में निरंतर सक्रिय सहभागिता ।
- प्रकाशित पुस्तकें - दस
  सम्पादित पुस्तकें - एक
- सम्पादित पत्र / पत्रिकाएँ - स्व.डॉ. कृष्णबिहारी सहल के सम्पादन में सीकर (राजस्थान) से प्रकाशित पत्रिका 'तटस्थ' में ४ वर्ष सम्पादन सहयोग दिया ।
- केन्द्रीय विद्यालय, अहमदाबाद कैण्ट से प्रकाशित विद्यालय पत्रिका का २०१५ तक निरन्तर सम्पादन ।
- प्रकाशित / आलेख / संगोष्ठी, सम्मेलन, कार्यशाला, प्रस्तुतियाँ ।
- सुप्रसिद्ध चित्रकार एवं साहित्यकार श्री नवल जायसवाल द्वारा रचित एवं सम्पादित पुस्तकों यथा 'प्रेरितम-२०१६' 'दूसरी आजादी-२०१७', 'नवतिका-२०१७' आदि में समकालीन प्रसंगों पर आलेख प्रकाशित। डॉ. कृष्ण बिहारी सहल 'व्यक्ति एवं सृष्टा' एवं प्रो. भागवत प्रसाद मिश्र 'नियाज़' के अभिनंदन ग्रंथ में आलेख प्रकाशित । सुप्रसिद्ध रचनाकार श्री ब्रज भूषण सिंह गौतम 'अनुराग', वरिष्ठ गीतकार श्री मधुकर अष्ठाना पर आलेख एवं वरिष्ठ साहित्यकारों की पुस्तकों की समीक्षा विभिन्न पत्रिकाओं में प्रकाशित ।
- सूरत में आयोजित 'डॉ. किशोर काबरा व्यक्तित्व एवं कृतित्व' पर आधारित दो दिवसीय संगोष्ठी में आलेख वाचन ।
- १९७९ से निरन्तर प्रकाशित हिन्दी की प्रतिष्ठित पत्रिका 'कथा बिम्ब' में मेरे द्वारा लिए गए वरिष्ठ साहित्यकारों के साक्षात्कार प्रकाशित। सर्व

श्री डॉ.किशोर काबरा, डॉ. कृष्ण बिहारी सहल, प्रो. भागवत प्रसाद मिश्र 'नियाज़', डॉ. अनन्त राम मिश्र 'अनंत', श्री भारत भूषण, श्री मधुकर अष्ठाना, श्री निर्मल शुक्ल, डॉ.शान्ति सुमन, श्री विज्ञान व्रत, डॉ. प्रणव भारती । पत्रिका सम्पादक डॉ.माधव सक्सेना 'अरविन्द' मुंबई ।

- केन्द्रीय हिन्दी संस्थान, अहमदाबाद केन्द्र द्वारा प्रकाशित पत्रिका 'समन्वय पश्चिम' में 'गीत एवं नवगीत के सेतु-गुजरात गौरव, डॉ. किशोर काबरा' पर आलेख प्रकाशित ।

प्रकाशित पुस्तकें : काव्य संग्रह

१. आँगन भर आकाश (गीत संग्रह) वर्ष : २००३, प्रकाशक : श्री प्रकाशन, कोलकाता

२. साँस-साँस वृन्दावन (गीत संग्रह) वर्ष : २००७, प्रकाशक : श्री प्रकाशन, कोलकाता

३. जिजीविषा (अछान्दस काव्य संग्रह), वर्ष : २००८, प्रकाशक : श्री प्रकाशन, कोलकाता

४. सपने हुए कपूर (दोहा संग्रह) वर्ष : २०१३, प्रकाशक : राहुल प्रकाशन, अहमदाबाद, ISBN : 978-93-83173-06-8

५. पार लगेगी सोनतरी (गीत संग्रह), वर्ष : २०१४, प्रकाशक : राहुल प्रकाशन, अहमदाबाद, ISBN : 978-93-83173-06-8

६. हरसिंगार । तुम झरते रहना (गीत संग्रह), वर्ष : २०१८, प्रकाशक: राहुल प्रकाशन, अहमदाबाद,

   'सपने हुए कपूर' एवं 'पार लगेगी सोनतरी' राजा राममोहन राय पुस्तकालय, कोलकाता में २०-२० प्रतियाँ मँगवाई गईं ।

७. गद्य समग्र, एक शब्दयात्रा - बहुरंगी, वर्ष : २०१७

   प्रकाशक : राहुल प्रकाशक, अहमदाबाद, ISBN : 978-93-83173-46-4

८. झुरमुट से झाँकते हुए (हायकु संग्रह) वर्ष : २०२२, प्रकाशक : राहुल

प्रकाशन, अहमदाबाद

९. प्रदक्षिणा करता है मौसम, वर्ष २०२२, प्रकाशक : प्रलेक प्रकाशन, मुंबई

सम्पादन : अमर बाबू : एक मनीषी की शब्द-यात्रा, वर्ष : २०१८, प्रकाशक : राहुल प्रकाशन, अहमदाबाद

निम्नलिखित साझा संकलनों में मेरे गीत / नवगीत / दोहे / हाइकु / कविता / कहानी आदि संकलित है ।

पुस्तक सम्पादक

१. धरती और आकाश - श्री अवतंश रजनीश

२. बूँद से सागर तक - श्री आलोक त्रिपाठी 'अमिय'

३. संवेदना के स्वर - डॉ. नवनीत ठक्कर

४. ग्रंथ क्रम - डॉ. ओमप्रकाश बरसैंया

५. सुधियों के दर्पण - श्री गोपीचन्द चौबे 'अशेष'

६. स्मृतियों के दीप - श्री राजेन्द्र प्रसाद 'राज'

७. पृथ्वी के शब्द - डॉ. रचना निगम

८. जलते दीपक - श्री हरि प्रसाद शुक्ल

९. शब्दायन - श्री निर्मल शुक्ल

१०. नवगीत नए हस्ताक्षर - श्री निर्मल शुक्ल

११. आधुनिक कवयित्रियाँ - श्री अशोक 'अंजुम'

१२. गीत वसुधा - श्री नचिकेता

१३. समकालीन दोहा कोश - श्री हरे राम 'समीप'

१४. नयी सदी के नवगीत - डॉ. ओम प्रकाश सिंह

१५. समकालीन गीत कोश - श्री नचिकेता

१६. उजाले की ओर - डॉ. ऋषिपाल धीमान

१७. स्वर्ण आभा गुजरात - डॉ. अंजना संधीर

१८. हिन्दी कवयित्रियों की हाइकु साधना - डॉ.भगवत शरण अग्रवाल

१९. स्वर्ण कलश गुजरात (कहानी संग्रह) - डॉ. अंजना संधीर

२०. कन्टमपोरैरी हिन्दी पोइट्री - प्रो. भागवत मिश्र 'नियाज' (हिन्दी से अंग्रेजी भाषा में अनूदित गीत/नवगीत)

२१. तेरे मेरे शब्द, श्रीमती रेनू शर्मा - 'शब्द मुखर'

२२. संवेदन और संप्रेषण - डॉ. किशोर काबरा (समीक्षात्मक संग्रह)

२३. घर की देहरी लाँघती स्त्री कलम - श्रीमती नीलम कुलश्रेष्ठ

२४. पद्य प्रसून - श्री हंस प्रकाशन (दिल्ली)

२५. अभिजना - श्री नर्मदा प्रकाशन (लखनऊ)

२६. सृजन अभिलाष - श्री नर्मदा प्रकाशन (लखनऊ)

२७. साहित्य समर्पण - श्री नर्मदा प्रकाशन (लखनऊ)

२८. कविता इन दिनों संपादक - श्री सतीश गुप्ता (कानपुर)

२९. दोहे के सौ रंग - सुश्री गरिमा सक्सेना (कानपुर)

३०. १०१ प्रतिनिधि दोहाकार - संपादक - श्री अशोक 'अंजुम'

३१. कोरोना काव्यायन - दीप ज्योति ग्रुप ऑफ पब्लिकेशन्स अलवर

३२. आस्था के आयाम - सुमति कुमार जैन

३३. सूरज है रुमाल में - सुश्री शीला पांडे

३४. साहित्य सुरभि - नर्मदा प्रकाशन (लखनऊ)

३५. वासन्ती बयार - श्री सुमति कुमार जैन (अलवर)

३६. हमारी राजभाषा हिन्दी- सचिन चतुर्वेदी

३७. गुर्जरी पल्लव (हायकु संग्रह) - सुश्री मंजू महिमा भटनागर

३८. बहारें फिर से आएँगी - श्री सुमति कुमार जैन, अलवर

३९. प्रभाजंलि - नर्मदा प्रकाशन (लखनऊ)

४०. नई सदी के स्वर - श्री हीरा लाल मिश्र 'मधुकर' (वाराणसी)

विदेश यात्रा :

सिंगापुर : यहाँ हुए १८ जनवरी २०२० को अंतर्राष्ट्रीय हिन्दी सम्मेलन में भारत व थाईलैंड सहित एशिया महाद्वीप के देशों से आये हिन्दी सेवी लेखक व हिन्दी के प्रोफेसर सम्मानित किये गये, यह सम्मान

'आधार शिला' फाउन्डेशन व अंतर्राष्ट्रीय हिन्दी परिषद द्वारा सिंगापुर में आयोजित भव्य कार्यक्रम में प्रदान किया गया। इस सम्मान समारोह में भारत से पधारी श्रीमती मधु प्रसाद को 'हिन्दी गौरव सम्मान' प्रदान किया गया।

- विभिन्न काव्य प्रतियोगिताओं में गीत / दोहे पुरस्कृत
- साहित्यिक एवं सामाजिक संस्थाओं में सक्रिय सह भागिता।
- वर्तमान में स्वतंत्र लेखन एवं मंचीय कार्यक्रमों में सहभागिता
- अब आभासी काव्य गोष्ठियों में सक्रिय सहभागिता।
- हिन्दी की अनेक साहित्यिक पत्र-पत्रिकाओं में गीत / नवगीत / दोहे / हाइकु / कविता / समीक्षा / लघुकथा / कहानी / साक्षात्कार / आलेख आदि का निरन्तर प्रकाशन।

कथाबिम्ब, समान्तर, समय सुरभि, साहित्यम्, मसि-कागद, वीणा, अभिनव प्रयास, अंचल भारती, पंजाबी संस्कृति, काव्य गंगा, मरु गुलशन, तटस्थ, नूतन भाषा-सेतु, काव्यम्, अभिनव, प्रसंगवश, साबरमती, बाल वाटिका, शहर की आवाज, धरती और चाँद, सौहाई, हाइकु भारती, सार्थक, गुर्जर राष्ट्रवीणा, समय समीक्षा, मुक्त कथन, नैणसी, मधुमती, सामयिकी, नारी अस्मिता, शुभ तारिका, समीहा, जयन्तिका, सर्जना, चर्वणा, समीर, प्राची, प्राची प्रतिभा, अमर शिल्पी, विचार आकलन, गुंजन, शब्द प्रवाह, युगीन काव्या, उत्तरायण, गीत गागर, शिवम् पूर्णा, पहला अंतरा, प्रेरणा, समकालीन अभिव्यक्ति, वागर्थ, अखिल राष्ट्रगूँज, साक्षात्कार, मुक्तांचल, अक्षत, समहुत, अलाव, ककसाड़, अदबी उड़ान, साहित्य कान्ति, शीतल वाणी, समावर्तन, दिवान मेरा, संगिनी, अग्रिमान, कला समय, उपनिधि साहित्य समय, जगमग दीप ज्योति, सरस्वती सुमन, विद्या भारती, कनक काव्य कुसुम आदि।

* 9 7 8 9 3 5 5 0 0 4 4 6 8 *

FCW - #0090 - 061026 - C0 - 216/140/10 - PB - 9789355004468 - Matt Lamination